崎義一の優雅なる生活

忘れえぬ此の花を、此の想いを

角川文庫
22678

目次

忘れえぬ此の花を、此の想いを

【過去】——before 10 years

飛行機の中の空気はおそらく、飛び立った地の『成田《なりた》（日本）』のものだ。

もし飛んでいる最中に常に外気と入れ替えられていたのなら（中は密閉空間だと聞いた気もするけれど、飛行機の仕組みに詳しくないのでよくわからない）いつの間にか『アメリカ（上空）』の空気を吸っていたのかもしれないが。

そんな細かいことはどうでも良《い》いのかもしれない。だが葉《は》山託生《やまたくみ》には鼓動が内側からどくんと強く打つほどの大事《おおごと》だった。

いま、自分を包む空気は、アメリカの空気である。

着陸後、ほどなくして開けられた飛行機の乗降口。その先に延びた、眩《まぶ》しい夏の陽の光がたっぷりと差し込むボーディングブリッジは、ジョン・F・ケネディ国際空港の建物内に繋《つな》がっている。

ここはニューヨーク州のクイーンズ、つまり、ギイの故郷であるマンハッタンがイーストリバーを挟んで目と鼻の先なのだ。——彼がそこにいるのかはわからないけれど。

足が竦《すく》む。留学試験の演奏に挑むときよりも緊張していた。

渡航前、飛行機内の冷房対策にと薦められた薄手のサマージャケットの内ポケットから取り出した、常に肌身離さず持ち歩いている、名刺サイズで厚みの薄いカード形の携帯電話。画面に触れるだけですべての操作ができるのだが、充電が切れたわけでもないのに、ある時を境にブラックアウトしたまま使えなくなった。

壊れたのか。

使えなくされたのか。

それは託生にはわかりようもなかったけれど、今となっては託生とギイとを直接結んでいる唯一のツールである。

これまでの日々、なにをどうやっても画面は立ち上がらず、空港に飛行機が着陸し電子機器使用の許可が出てすぐに試してみたが、やはりまったく使えなかった。

高校三年の夏から秋に季節が移ろおうとしていた九月。あれから、日に何度となく画面を確認していた。我ながらなんと諦《あきら》めが悪いのかと呆《あき》れてしまうが、どうしても諦めきれなかった。厳かな儀式のようにそっと画面に触れる。一縷《いちる》の望みを託して。自分とギイとの唯一の繋がりが、復活していることを期待して。

画面は未《いま》だブラックアウトしたままだけれども。

――ギイ。

託生は機内持ち込みにしていたバイオリンケースの黒革の把手《とって》を、ぎゅうっと握り締める。

「……来たよ、…………ギイ」

会える会えないは、わからない。

でも。

コンサート（といっても、もちろん託生の単独ではないし、複数のメンバーによる内輪の発表会という規模だが、それでも、コンサートはコンサートである）の招待券をマンハッタンのギイの実家に送った。

ギイの手元に届いているかはわからない。

そもそも会う約束をしていない。

ギイが変わらず託生を想ってくれているのかも、わからない。

世界のどこにギイがいるのか——皮肉にも日本にいるのかもしれないし、なにもかもわからないが、託生は決めたのだ。

今度は託生《じぶん》が恋人《ギイ》に会いに行く、と。

なにひとつ約束はない。

ないけれど、これが、託生の愛の証《あかし》なのだ。

ふと、緊張のあまり足元ばかり見詰めていたことに気づく。——違う。そうじゃない。ここで、下を、見てはいけない。

石畳ばかりを見詰めていたら、きっとまた、ギイをロストしてしまう。

ほんの数年前の、空港のそこかしこに深い根雪が残っていた春のあの日。季節こそ春でも、乾いた寒風が吹きすさんでいたあの日。目の前のギイがどこの誰だかわからなくなってしまった、あの日の、あの場所を、今度はしっかりと自分の足で歩み抜くのだ。

くっと顔を上げて前を向く。

ギイ。——ねえギイ。

ぼくは、ついにニューヨークへ来たよ。

グランドピアノの閉じられた（屋根とも呼ばれる）広い天板に、バサリと楽譜を放るように滑らせた初対面の日本人の少女は、いかにも不機嫌そうに託生を見上げると、

「私、そんなに時間ないの。二十分で終わらせるけどいいかしら」

十代前半くらいだろうか、明らかに託生よりもかなり年下なのだがまったく物怖《ものお》じせず、むしろ睨《にら》みつけるように訊《き》いてきた。

訊くまでもなく伝わる雰囲気。受け付けるのはイエスのみ。万が一にもノーと言われたところで、ぴしゃりと撥《は》ね付けるのであろう。

お互いにまだ自己紹介すらしていない。それどころか、はじめましての挨拶《あいさつ》もだ。

託生はやや呆気《あっけ》に取られつつも、——これがアメリカクラシック界の通常のスタイルとは思えないが、

「わかった。二十分だね」

承知して、急いでバイオリンの調弦をする。

時間がきっちり制限された緊張しまくりの井上《いのうえ》教授のレッスンでさえ、こんな猛スピードで

調弦したことはないのだが、間違いなく彼女は二十分後にはこの部屋にいない（だろう）と直感した。あの第一声は脅しでもなければ託生からマウントを取ろうとしたのでもなく、いいかしらと一見疑問形のようであってもそうではなく、許可を求められたのでもなくて、単に〝事実〟を伝えられたのだ。

もし託生がもう少し気の強い性格を、もしくは押しの強い性格をしていたならば、二十分だけとかとんでもないそれは困る、と言い返せたのかもしれないが、なにせ初めての場所、初めての状況で、なにもかもが手探りだし緊張もしているし勝手はわからないし、先《ま》ずは（様子見という意味でも）言われるがままになってしまうのは仕方あるまい。

にしても自己紹介もなしだし、この気難しさ。――とんでもないパートナーに当たってしまったな。

果たしてぼくは、演奏会までの短い期間に彼女と曲を仕上げることができるのだろうか？

託生は一瞬にして不安に苛《さいな》まれたが、次の瞬間、再び度肝を抜かされた。

少女が鍵盤《けんばん》に指を置くや否や、室内の空気が彼女へぶわっと流れた。流れに押されて託生も彼女の手元を見詰めてしまう。そして、鍵盤から紡ぎ出された第一音に、連なる音のさまざまな形に、バイオリンの（たかが）伴奏譜による演奏でありながら、託生は、音色という目に見えぬ色が〝目に映る色〟となって周囲の景色を鮮やかに塗り替えてしまったことを、驚きとともに受け止めていた。――天才じゃないか！

「ねえ、弾かないの」

伴奏の手を止めて少女が訊く。――不機嫌なまま。

「あ！　ごめん。弾くよ」

見惚《みと》れ聴き惚《ほ》れていたとは、恥ずかしくてとても言えない。

託生は、

「もう一度、入りの小節からお願いします」

彼女へ伝えて弓を構えた。

二度目であっても衝撃の褪《あ》せることない鮮やかな音色。小柄で華奢《きゃしゃ》な少女からは予想だにできない、圧倒されるほどの高い熱量の放出。

とんでもない伴奏者《てんさい》。

……ああこれは、二重に前途多難である。

「おっ？」

こちらにやってくる顔見知りに気づき、素早く大きな紙コップをセットしてコーヒーマシンのスイッチを入れる。

「こんにちは。オリジナルブレンドのトールサイズをひとつ」

五ドル紙幣をカウンターに載せて佐智《さち》がオーダーすると、カフェスタンドの店員はにっかり笑ってマシンを指さす。オーダーされるまでもなく既に作っております。の、ポーズ。

　カレント・ターディフ総合大学（略してターディフ大）構内のカフェスタンド。屋内ながら見晴らしの良い吹き抜け一階の東ロビーにある。ここ以外にもテイクアウトのコーヒーが買える店は大学の敷地内にいくつかあるし、大学周辺にもたくさんの店がある。が、井上佐智のお気に入りはこのスタンドのオリジナルブレンドであった。

　佐智が初めてこのスタンドを利用してかれこれ十年ほどが経つだろうか。その間の、ただひとりの変わらないスタッフが彼である。胸のネームプレートには Keith。

「夏にサチ・イノウエがうちの大学に来るらしいと噂に聞いてたが、本当だったんだな」

　キースがまたにっかりと笑う。

「今回は演奏はしないんだけれどね。教える側で」

「どっちでもかまわん。顔が見られて俺は嬉《うれ》しい」

「僕もだよ。それとキース、これ、日本のお土産」

　佐智から渡された紙の小袋を早速開けて、中身をカウンターへコロリと出す。

「ッゴッシュ！　これ、あれだろ、カ、カチュドン」

　ちいさな食品サンプルのカツ丼のキーホルダー。数年前に日本の食品サンプルが素晴らしいとどこかで聞き付けてきたキースから、今度こっちへ来るときにいくつか買ってきてもらえないかと頼まれて、それはお金を預かっての頼まれ物であったのだが、以降、佐智の趣味とタイミングで選んだ食品サンプルをお土産として、その都度プレゼントしていた。

　目をキラキラと輝かせてキースがカツ丼に見入る。

「これもまた精巧だなあ。どうしたらこんなに精巧に、しかもこんなに美味《おい》しそうに、樹脂を操れるのかなあ」

「僕としては、どうしてキースの淹《い》れるオリジナルブレンドはどこのコーヒーショップより美味しいのか、そっちの方が不思議だよ」

「そいつはだ、うちのブレンドがたまたまサチの口に合うんだろ」

「それだけかな？」

「だいたい、淹れるのは俺じゃなくてマシンだぞ。ボタンを押すなんざ誰にでもできる」

　キースは背後の大きな業務用のコーヒーマシンを親指で示した。「もしマシンのボタンを押す俺のこの指に、サチの指のような魔法がかかってるとしたら、いつまでも大学でチマチマと学生相手に商売なんかしてないね。サチのように全世界に打って出てるさ、この魔法の指を武器にな」

　ぐいと左手の親指の腹を見せたキースに、はははと笑って、

「ところで、キースは夏休みは取らないのかい？」

　佐智は訊いた。

　キースはスタンドのオーナーではないので自由に仕事のスケジュールが組めるわけではないのだが、ターディフ大ではスプリング・セメスターが五月には終了しており、来期であり新学期でもあるフォール・セメスターがスタートするのは八月の下旬。五月上旬のスプリング・セメスターの試験が終了したと同時に大学から、卒業生はもとより総《すべ》ての学生が一斉に姿を消し

たりはしないけれども、新入生がやってくるフォール・セメスターが始まるまでの期間は、圧倒的に学内の人口が減る。終日スタンドを開けていてもたいした商売にはならないだろう。

　今は七月半ば。二週間ほどで八月になるが、それでも来期に向けて大方の学生がぱらぱらと戻って来るまでには一カ月以上ある。現にスタンドの前に数テーブル設置されているカフェのスペースにも、セントラルパークに行くならば最も近い出入り口である東ロビーにも利用する人影は、ひとりも見られない。

「六月七月はてんで商売にならんから閉めてたけどな、いつもは八月の真ん中あたりからぼちぼち再開するんだが、今年はサチが日本の大学生を何人も引き連れて、うちの大学でサマースクールをやるって聞いて、そんなら開けないわけにはいかないなと」

　主催する桜ノ宮坂《さくらのみやさか》音楽大学としては、これは交換留学のプログラムなのだが、迎えるターディフ大の音楽学部に於《お》いては〝サマースクール〟という扱いである。現在、同校から日本へは誰も留学はしていない。ターディフ大の学生が桜ノ宮坂音大に留学に訪れるのは日本のクラシック音楽のオンシーズンである十月である。

　できあがったブレンドコーヒーの入った紙コップに、キースはいつものようにスリーブを二枚重ねにしてシュッとはめる。万が一にも抽出したてのコーヒーから伝わる熱でヤケドをさせないよう、佐智の指を気遣っての無言の配慮だ。もちろんスリーブは通常、リクエストを申し出ない限り一枚である。

「僕は演奏しないけど僕の愛弟子《まなでし》がサマースクールに参加してるんだ。とても素敵な曲を弾くことになっているから、都合が合うようならぜひ最終日の演奏会に聴きに来てくれよ」

「どこでやるんだ？」

「ジュリアードのポール・ホールを借りて。演奏会は無料だし、一列分の関係者用を除けば座席の指定もないし、気楽に覗《のぞ》きに来てくれると嬉しいな」

　座席のキャパシティが三百以下というさほど広くはない手頃さなので、ポール・ホールでは日常的にジュリアードの学生や教授陣が有料無料の演奏会を開催している。そして過去、とある恐ろしい事件に巻き込まれた佐智が救われるきっかけとなった、幼なじみの崎義《さきぎ》一《いち》と当時のキーマンであり今や世界有数の指揮者となったケン・サワダが運命のやり取りをしたのもポール・ホールなのだが、それはまた別のお話。

「そうか。ふむ、ジュリアードならここから数ブロックだもんな。プログラムの全部は無理かもしれんが、聴かせてもらうよ」

「ありがとうキース」

「とはいえ、できればサチの愛弟子の演奏は外したくないなあ。何番目に出るんだい？」

「演奏の順番はまだ決まってないんだ。はっきりしたら知らせるよ」

「ああ、よろしく。そうだ、サチの愛弟子に良い演奏を期待してるって伝えておいてくれ」

「伝えておくよ、ありがとう」

　おそらく、今まさに他者からの期待が〝励み〟になるか〝プレッシャー〟になるかの瀬戸際に立っているであろう、我が愛弟子、葉山託生。

ニューヨークに到着してから行われた一回目のガイダンスで、託生はどこかぼんやりとしていた。もしやこれは、俗に言う〝燃え尽き症候群〟ではあるまいかと佐智は危惧《きぐ》したのだが、結果的に他の参加者たちとは別行動だった託生は、慣れない海外へのひとりきりの移動で疲労困憊《こんぱい》していたのかもしれない。

かもしれないが、大学入試以前からずっと、ぴんと張り詰めていた糸がついに目的地のマンハッタンに着いた途端に安堵《あんど》で緩んだ、ということも考えられなくはない。

現に、重要な初回のガイダンス、気を引き締めて集中せねばならないときに、彼の心はぼんやりと別の世界に飛んで行っていたふうだった。

気持ちはわからないでもない。

だが、この地に着いたことが彼のゴールではないのだ。

交換留学の機会を利用して託生が恋人に会おうとしたことは留学の動機としては不純なものかもしれないが、音楽をするのに純潔な動機だけ持つ者など、佐智《じぶん》も含めこの世にはほぼ存在しないだろう。

問題は、不純な動機そのものはよしとしても、それに呑《の》み込まれるのはいかがなものか、ということだ。

ここへなにをしにきたのか。

それをちゃんと自覚してもらわねば。

すると、まるで噂をすれば影がさすかのように、楽譜を両手で胸に抱え、気難しい表情で足早に二階の廊下を歩いてゆく小柄な少女の姿が視界の端に映った。

佐智は腕時計で時間を確認する。

そして、

「キース、追加オーダーを頼みたいんだけど、いいかな」

と、もう一枚五ドル紙幣をカウンターへ出した。


「カルロッタ！」

廊下の奥から友人に呼び止められ、カルロッタ・チェルクエッティは振り返る。

ターディフ大は総合大学でありながら巷《ちまた》ではターディフ音大などと呼ばれることの多い（The Juilliard School がバレエや演劇も教えているのに日本ではジュリアード音楽院もしくは音楽学校と訳されがちなように）傑出した音楽学部を持つ大学であり、実技や理論や歴史を含む音楽関係の学部生が多く住むこの女子寮は、楽器の音に、歌声に、お喋《しゃべ》りにと、常にどこもかしこもガヤガヤと賑《にぎ》やかで、いつもならば遠くから名前を呼ばれてもまったく聞き取れないが、夏休みの現在は森閑とした寮の壁に声だけが反響して大変に聞き取りやすい。

「なあに、ベス？」

喋る声も柔らかなメゾソプラノ。カルロッタのビロードのようなその声はヴェルディのアリアによく映える。

「まだちょっと時間が早いけど今のうちにランチのお誘い。これから教授のサポートに行かないとならないから。カルロッタは午後はフリー？」

「夕方からイベントのサポートに行くけれど、それまではフリーよ」

「だったら大丈夫ね。ランチはどこかでゆっくりといただきましょう？」

　いつもの夏休みはこんなにバタバタしていない。昨年の今頃は、自宅でのんびりと家族と過ごしていた。

「そうね。あ、もちろん私はオーケーだけれど、さっきサツキがサマースクールのレッスンに行ったから、戻ったら彼女にも訊いてみるわね」

　サツキの名前が出た途端、ベスの表情が遠目にもはっきりとサッと曇った。

「……彼女、大丈夫？」

「どうかしら。わからないけど、レッスンには、行ったわよ」

「そう。――だったら！　ランチはサツキが好きなコトレッタ・アラ・ミラネーゼ（イタリア料理のミラノ風カツレツ）のお店に行きましょ！」

「良いわね、私も大好き！　きっとサツキも喜ぶわ、ありがとうベス」

　友人の優しさにカルロッタは思わず笑顔になる。――寮の仲間はみんなサツキを心配している。カルロッタだけでなく。

「じゃあカルロッタ、後でね」

「ええ、後で」

廊下の突き当たりの角部屋のひとつ手前が、カルロッタとサツキのふたり部屋である。サツキは不在なのでノックの必要はないのだが習慣でトトンとノックをしてから鍵《かぎ》を外してドアを開ける。もちろん中に人影はない。

ひとり部屋ならば自分のグランドピアノを持ち込んで住居兼練習室にすることもできるのだが、ふたり部屋ではそうもいかない。ピアノ専攻なれど留学生のサツキは自前のピアノを持ち込まなかったし、カルロッタも部屋ではのんびりしたかった。

それゆえに、サツキが急遽《きゅうきょ》サマースクールの成果を披露する演奏会で（なぜかソロではなく伴奏者として）ピアノを弾くことになったと知らされたものの、彼女がなんの曲を弾くのかは未だに知らない。誰とどんな楽器と組むのかも、だ。

秘密主義なのか単にそういう性格なのか、寡黙なサツキは口数が少ないだけでなく自分のことをあまり話さない。カルロッタの質問にも、複雑な英語を理解できないのかもしれないが、細かくは答えてくれない。だがサツキの意思表示は明快である。なので同室でいて困るようなことは一度もなかった。

昨年から新たに始まった日本の私立大学との共同プログラム。

昨年のことはよく知らないが参加した知り合いが、目新しくてとても楽しかったと言っていた。せっかくの機会なのでカルロッタも〝迎えるホスト校の演奏者のひとり〟になりたかったのだが、残念ながら選考で洩《も》れてしまった。――しかも今年はかの若き天才バイオリニストのサチ・イノウエが責任者のひとりとして同行すると聞かされて、そこにおかしな下心はなかったけれど、日本の同世代の若者がどのような音楽を奏でるのかにも興味があったし、なので、サマースクールのサポートボランティアとして参加することにした。

教授のサポートに向かったベスも、サマースクールのサポートメンバーのひとりである。

後で知ったのだがサポートのボランティアも高倍率だったそうだ。カルロッタもベスもさらりと合格してしまったので気づかなかったが、サチ・イノウエの存在は在校生をざわつかせるに充分であったし、それだけでなく、五月に巣立った卒業生にもサマースクールもしくはボランティアに参加したいと申し出た者が複数いたらしい。おまけに、最終日の演奏会をポール・ホールで行うのだからジュリアードから演奏者やボランティアを出してもかまわないのではないかと（ニュアンスとしては、ジュリアードにも参加する権利がありますよね的な）申し入れがあったらしい。結果、演奏会当日のホールスタッフにはジュリアードの在校生が何人か当たるそうだ。もちろん前日のリハーサルもである。

かように注目を集めるサマースクール。

他方、急遽サツキが伴奏者として選ばれたことで一部の学生の関心も惹《ひ》いていた。――好奇心に近いものだ。カルロッタやベスのような友情ではなく、別の類《たぐ》いの。

そもそもサツキは伴奏を引き受けない。声楽であれ他の楽器であれ絶対にだ。教授の口利きがあっても断固拒否。理由も明快。プロのソリストを目指す自分は、伴奏という、誰かの陰になるために貴重な練習時間を奪われるのはまっぴら御免である、と。同室のよしみで伴奏を依頼したカルロッタもすげなく断られてしまった過去を持つ。そのサツキが、今回、おとなしく伴奏を引き受けたという事実がカルロッタには既に衝撃であったのだ。

　クローゼットから出されたままの大きなスーツケース。サツキのものだ。

カルロッタたちとは違い、サツキはサマースクールの演奏者としての参加を希望していなかった。サチ・イノウエの名前にも関心を示さず、ボランティアにも興味を示していなかった。スプリング・セメスターが終了したならば即刻日本へ帰るべく、スーツケースへ積極的に荷物を詰めていたサツキ。

　あれから二カ月、彼女は日本へ帰りそびれてここにいる。

　長い夏休みの三分の二近くが過ぎて残りは一カ月と少しなのに、サマースクールを過ごしたならば残りは十日ほどしかないのに、それでもスーツケースは出されたままだ。

「……サツキ、大丈夫かしら」

　ベスだけでなく、カルロッタも感じている不安。

　無意識に溜《た》め息がこぼれた。


　ピアノのソリストが伴奏を担当することは決して珍しいことではない。ただしソリストが伴奏を好むのかと訊かれたら、多くの場合はノーであろう。協奏するならばともかく、伴奏は飽くまでステージ上の二番手である。

「……あんまりだと思います」

託生が、つい愚痴ると、

「まあまあ、まあまあ」

麗しき若き天才バイオリニストであり託生の師事している大学の教授でありこの夏の交換留学のニューヨークに於ける引率者（？）のひとりでもある井上佐智は、天使と称される笑みを惜し気もなく託生へ向けた。

「……う。騙《だま》されません」

笑って誤魔化すとか卑怯《ひきよう》です。と続けたいところだが、立場上そこまでは言えない。いくら学年にすればふたりは同い年でも（場面によっては友人だったりもするのだが）片や教授、片やその弟子、なのである。

夏休み期間に実施される桜ノ宮坂音楽大学の海外交換留学（サマーキャンプのようなものである）は、期間約一カ月。移動その他を含めると実質三週間弱。カナダ、東欧、オーストラリアなど渡航先の国により季節を含め諸事情が変化するので一概には言えないが、ニューヨークの場合は提携先の大学の夏休みを利用して、同校教授によるレッスンや週に二日間の休み（自由時間）、留学の成果を発表する無料の演奏会（チケット制だが無料である。全席自由で招待客にのみ座席が確保されている）の前日のリハーサルと、演奏会当日とで、プログラムは完了する、短期留学とはいえかなり内容の充実した本格的なものである。

創立されてまだ十年にも満たない私立の桜ノ宮坂音楽大学。だが創立以来みるみる国内でもトップクラスの音楽大学へと急成長した。国内外のコンクール入賞者を毎年のように輩出し、世界的に活躍するプロの演奏家の輩出にも成功しているその要因のひとつに、教授陣のレベルの高さは言わずもがな、昨年から始まった海外の複数の提携校との短期長期の活発な交換留学制度が挙げられるであろう。中でも夏休み期間の特別待遇の交換留学生に選ばれた学生は、留学にかかるすべての費用が免除されるという特典付きなのだ。この御時世、一切の金銭の心配なく留学することができる、そのありがたさ。

当然のこと、大変に狭き門なので該当者なしという部門や留学先も発生する。

逆に、複数が特待生として選ばれることもある。

通常の交換留学の方も相場よりはかなりの好条件で組まれているので、どちらにしろ、積極的にこの機会を活用しようとする学生は多く、また平時の成績を決める試験とは違い、学年の垣根が一切ないので、留学生の選抜の時期には学生たちは更に鎬《しのぎ》を削るライバル同士となるのである。

壮絶な狭き門を突破しての、ニューヨーク、マンハッタン。

ようやく目標の地に辿《たど》り着くことができたのに、突如として降ってきた災難のような難問。

「……やっぱり、あんまりだと思います」

託生は力無く繰り返す。——なんでぼくがこんな目に？

留学の試験をパスするために必死に弾き込んだ楽曲は留学先では演奏しない。全員が新曲で演奏会へ臨むのだ。

日本にいる間に既に各自に（課題曲ともいうべき）楽譜は渡されていて、ただの新曲ではなく、託生には未発表のバイオリンとピアノ伴奏用とに特別に編曲された楽曲を、とのことで、ハードルの高さにびくびくしていたが、幸いなことにそんなに難解な編曲ではなかったので少し気が楽になっていたのに、――オチがこれとか。曲ではなく、パートナーが難解とか。

「でもおかげで目が覚めただろ？」

佐智の問いに、

「――はい？」

託生はきょとんと訊き返す。

そのきょとんのあまりの無防備さに、佐智はいっそ微笑ましくなってしまった。サツキの登場のおかげで託生の〝心ここに在らず〟は無自覚なまま、どうやら本位に戻れたらしい。結果オーライとでもいおうか。

「早々にしてサツキの手厳しい洗礼を受けてしまった葉山くんへ、そのコーヒーは、僕からの陣中見舞いだよ」

紙コップにたっぷりのカフェオレ。砂糖なし。

「……ありがとうございます」

託生の好みに合うだけでなく、練習室は淹れたてのコーヒーの良い匂いに満たされて気分はやや上向いたが、生憎《あいにく》と問題はなにも解決していない。

それにしても、さっきの今で、なんと耳聡《みみざと》いのか井上教授は。誰に聞いたのか。サツキ本人にか。サツキが師事しているナパロ教授にか。――ナパロ教授にだとしたら相当みっともないぞ、これは。つまり、早々にパートナーにレッスンを引き上げられてしまったことがみんなにバレているということだ。……恥ずかしい。

　ニューヨークでの交換留学先である、マンハッタン島のアッパーウエストサイド、巨大なハドソン川と緑の多いこれまた巨大なセントラルパークに挟まれた学校の多い地区にある、カレント・ターディフ総合大学。前述した音楽学部を始めとし、修学のジャンルが豊富な総合大学で、レベルも高い、歴史ある名門私立大学である。

　ちなみに、ギイこと崎義一の実家のマンションがあるのは、大学とは反対側の（セントラルパークを挟んだ向こう側の）アッパーイーストサイドである。

――Satsuki Amano。

　初回のガイダンスで各々のパートナーの名前は知らされていた。ギイのように日本語の名前なのにアメリカ人というケースは少なくないが、サツキは日本名であるだけでなく日本人留学生であると教えられ（今回、ターディフ大からの選出メンバーで唯一の日本人だそうだ）、英語にまるきり自信のない託生としては、日本語でコミュニケーションが取れるぞ助かった、とホッとしていたのだが。

　彼女の年齢の若さはこの際、横へ置こう。――大人が子どもにするように、きみいくつ？などとなれなれしく訊ける雰囲気でもなかったし。見た目では中学生、くらいだろうか？

　託生が使用しているこの【Ａ　１０１】とプレートの貼られた練習室は、留学期間中は託生の専用で終日使用して良いことになっていた。鍵も渡されている。伴奏者は不在でも本番までに曲を仕上げなければならないことに変わりはないので、託生がひとりで練習をしていたところへひょっこりと（タイミング良く？）佐智が訪ねてきたのである。

　室外から練習の様子を覗くだけのはずが伴奏者の姿がなく、託生がひとりきりなので、心配になってたまらず入室したのかと思いきや、手にはコーヒーの入った紙コップがふたつ。しかも、にこにこと。

　ひとつは自分の。ひとつは、託生へ。

　促されて一口飲んで、

「……美味しい！」

　託生は驚き交じりに佐智を見る。「美味しいですね、このコーヒー」

「だろう？　葉山くんのために特注したんだよ」

　……特注。どこまで信じたものか、これまた謎である。

「井上教授の冗談は、ぼくにはいまだに按排《あんばい》がよくわかりません」

「冗談ではないよ。特別に作ってもらったんだ。東ロビーにあるコーヒースタンドでね」

「……東ロビー？」

　託生はまだ大学の施設や構内をすべて見回ってなどいないので、東ロビーと言われてもまったくピンとこなかった。

「セントラルパークへ抜けるときには便利だから、葉山くんも使うと良いよ」

――セントラルパークへ。

託生はドキリとして、佐智を見る。いちいち動揺してはいけないのだが、大学を抜けてセントラルパークへ、そのセントラルパークを抜けると、位置としてはギイのマンションの近くに出るのだ。

「でもねえ、こんなに美味しいけれど、学生の少ない夏休みはどうしても閑古鳥が鳴いてしまうんだよね」

「なのに営業してるんですか？」

「そうなんだよ。とても美味しいから愛飲している僕としてはありがたいんだけれど、店を開けてるだけ赤字になっていそうでね」

「そうなんですか……」

「なので良かったら葉山くんも滞在中はひいきにしてやってよ」

「わかりました！」

こんなに美味しいコーヒーを買えるのならば利用するのはやぶさかではない。それどころかまるきり不案内の土地で穴場の店を教えてもらえてラッキーである。

「スタンドに立ち寄っていたときに偶然見かけたんだよ、練習室の反対方向へと歩いてゆくサツキを」

「——ああ、……それで、ですか……」

恥ずかしい噂はまだ流れていないのか。良かった。いや、ちっとも良くないか。

「サツキの伴奏嫌いについてはナパロ教授から伺っていたし、時間が時間だったからね、これは早々に退散されたかな、と」

「……ご明察です」

さすがの推理力だがそれはそれとして、そのようなクセモノと、なぜに、ぼくを？

とは、ストレートには訊けなくて、

「どうしてぼくが彼女と組むことになったんですか？　伴奏者が必要な楽器って、他にもありますよね？」

「まあまあ」

佐智はにこにこと繰り返し、「でも、二十分は付き合ってくれたんだろう？」

と、逆に訊く。

「それは、……そうですけど」

「ならば良かったじゃないか。サツキは明日も二十分しか付き合ってくれないかもしれないからね、その時間内に少しでも曲が仕上がってゆくように、葉山くんも頑張るんだよ」

にっこり。

天使の笑みはガセではない。すっかり見慣れているはずの託生でも、間近にするとふわっと心が軽くなる。

——いや、今回ばかりは誤魔化されないぞ！

「ち、ちっとも良くないですよ。だったらせめて、日本で復習《さら》ってた曲を、留学のときの試験曲をやらせてもらえませんか？」

あれだけ弾き込みに弾き込みまくった試験曲ならば、組んだ相手がどうであろうとも人前での演奏に耐えられるだろう。

「それはできない相談だなあ」

佐智は軽くいなし、「ちゃんと事前に説明を受けているはずだよね、葉山くん。演奏会での曲は過去に練習したことのない新曲に限ると。それにあれは、そんなに難しい曲でもないだろう?」

「……ですけど」

「既に暗譜、できてるんだって?」

「……はい」

「だいいち試験曲に戻したところで、ここには伴奏者の城縞《じょうしま》くんはいないよ?」

城縞恭尋《やすひろ》。ぎりぎりの極限まで試験曲のブラッシュアップを共に重ねた、——重ねてくれた、パートナーのピアニストだ。

「わかってます。わかってますすけど……!」

エルネスト・デ・クルティス作曲のカンツォーネ『Non ti scordar di me（ノンティスコルダールディメ。イタリア語なのでふたつの〝r〟はそれぞれ巻き舌で発音する）』。本来は歌曲であるものをバイオリン用の変奏曲へと編曲した、ターディフ大のフランソワ・ナパロ教授。彼は現役のプロのピアニストであり、サツキが師事しているピアノ科の教授でもある。

「とても素晴らしい編曲をされたよね、ナパロ教授。今回の演奏会でのイチオシだそうだよ。

光栄なことだよね葉山くん」

「それは、……それは、確かに、そうなんですけども」

編曲の素晴らしさ、初演が託生であることが申し訳ないくらいのクオリティなのは、確かにそのとおりで、光栄なことには違いないが。

まったく、違いないのだがっ！

「ひっくるめて、荷が重いです……っ」

イチオシの曲を託生へと割り振ってくれたナパロ教授には感謝しているし、曲を弾くことそのものは、本番に向けてブラッシュアップしてゆくことはまったく難しくないけれども、託生ひとりで演奏するわけではないのだ。

「サツキの技量ならば、演奏会当日のぶっつけ本番でも難無くピアノは弾いてくれるだろうけれど、それではレッスンの意味がないものねえ」

そうなのだ。本番さえこなせればそれでいいわけではない。形を取り繕うのではなく、ここへ託生は勉強をしにきたのである。演奏会は、飽くまで勉強の成果を示す場だ。

託生はそこでハッとした。正確には、ひやりとした。

そうだ。ぼくは、ここへ、勉強に来たのだ。

もちろんそのつもりで交換留学を目指していたし、合格してからも、日本でちゃんと新曲の予習だってしてきた。

けれども——。

マンハッタンに着いてすぐにギイの実家のマンションを訪ね、家族は全員不在でギイだけでなく誰とも会えず、ギイの情報も得られなかったのだが、どこかに達成感があったのだ。ひとつ区切りがついた感じ。満足感ともいえるかもしれない。

もしくは、目的のひとつが達せられて安心したのかもしれない。

それまであんなにガツガツとバイオリンと向かい合っていたのに、その夜、託生はバイオリンを弾かなかった。留学中の滞在先は民間の賃貸なれどターディフ大が優先的に借りている、主に音楽を学ぶ男子学生が多く住んでいる大学のそばの集合住宅で、卒業生を送り出し新入生を迎えるまでの学生の入れ替えが多い今の時期ならではの、数ある空室のひとつ。狭いながらも家具付きのひとり部屋、しかも午前零時までならば部屋で音を出してもかまわないという快適な滞在先で。にもかかわらず、明日からいよいよこちらでのレッスンが始まるというのに、託生はバイオリンをケースから出しもせず、ブラックアウトしたままのケータイの画面を時間も忘れて見詰め続けてしまった。

まだまだ道半ばであるのに、音楽（バイオリン）に関してはどこか肩の荷が下りたような気すらしていた。心を占めていたのはギイのこと。懐かしいギイの実家のマンションを外から見上げ、思い出のアメリカ自然史博物館やメトロポリタン美術館も外から眺めて、ギイがいない寂しさを改めて感じたし、会いたくなったし、ギイの声が聞きたくなった。

かかってくればいいのに。

電話を、かけてきてくれればいいのに。

今、きみは、どこで、何をしているのか。

ぼくが送ったチケットは、果たしてきみに届いているのか。

……そう。もしかしたらいつの間にかマンハッタンに着くことそのものが〝ゴール〟になっていたのかもしれない。――ギイに再び出会うための。

違うのに。

動機はどうあれ、自分は、ここへ、勉強をしに来たのに。そのために、大学が留学にかかる費用のすべてを出してくれているのに。

『でもおかげで目が覚めただろ？』

からかうようなあの問いは、――託生をよく知る井上教授には、とっくに見透かされていたということか。

恥ずかしい。恥ずかし過ぎる。

顔から火が出るような思いとはこのことか。

託生は咄嗟《とっさ》に、佐智の視線から逃れるように俯《うつむ》いた。が、幸か不幸か、託生は、井上教授の前で恥をかくのには慣れていた。

なにせレッスンでは常に最高にみっともない自分を晒《さら》け出しているのだ。必死に学ぶとは、そういうことだ。それに、こちらがどんな醜態を晒しても、恥ずかしいことをしでかしても、井上教授は態度を変えない。そんなことはどうでもいいと言わんばかりに、容赦なく次々と課題を突き付けてよこす。おかげで託生を始め井上門下生は全員、思う存分教授の前で恥を晒しまくっていた。そうして、上へ上へと高い山を登り続ける。

　これまた無自覚な立ち直りの早さか、目の前に、にこにこと弟子を見守る師匠がいて、まるでここが桜ノ宮坂音大の井上教授のレッスン室のように感じられて（こんなに狭くはないのだが）、音大生としてのいつもの託生が戻ってきた。

　そう、音大生として、

「井上教授。……あの子、天才、ですよね？」

　確かめるように託生は訊く。

　圧倒的な表現力。たかが伴奏であっても彼女の才能は溢《あふ》れんばかりであった。

　ガイダンスで名前は知らされても年齢までは知らされない。ターディフ大に在籍している大学生で日本からの留学生だとすると、日本の音大を卒業してから留学するのが定石なので、むしろ託生より年上かもしれないなと思っていた。

　あんなに年下とは、まったくの想定外であった。それも年下も年下、日本ではまずお目にかかれない、あんなに若い音大生なんて。——意表を突かれた。

「紛《まご》うことなき天才だね」

　佐智はさらりと答える。

　稀代《きたい》の天才に天才と認めてもらえる少女。……ああ。

「なのにどうして伴奏なんかをすることになったんですか？　彼女なら、演奏会でソロのプログラムをするべきですよね？」

音楽に〝勝ち〟〝負け〟を持ち込むのは無粋な行為だと託生は思うが、現実には、勝ち負けだらけである。

入試に始まり折々の学内実技試験もしかり、コンクールでも明確に順位がつき、ピアノ科の人に言わせれば、伴奏を頼まれるのは〝その程度の演奏者〟と判断されたようなもの、つまりは、負け組に入れられたようなもの、なのだそうだ。もちろん中には伴奏がすこぶる上手で、その人と組みたいと切望されるピアノ科の学生もいる。不思議と他人の演奏に合わせるのが上手なピアニストも、いるにはいるのだ。伴奏が上手との評判が、本人にとって嬉しいのかどうかは別として。

全員がノルマとして伴奏をせねばならないというのであれば才能云々《うんぬん》の限りではないが、どちらにせよ、とてつもなくピアノの巧《うま》い学生に伴奏を頼む行為は愚行を通り越していっそ蛮行である。断られるに決まっている。彼ら彼女らは誰かの伴奏をするために日々の研鑽《けんさん》を積み重ねているわけではないのだ。

頼まれた時点でプライドが傷つくとまで言われて、——そういうものなのかと託生は最初は驚いたのだが、大学生活を始めてしばらくした頃には大変に理解できるようになった。一年以上経った今では、しっかり骨身に沁《し》みている。

花形のスタンドプレーヤーに縁の下のチームプレーを強要するようなもの。

井上佐智という稀代の天才に天才と認められている少女、サツキ・アマノ。嘱望されているにもかかわらず、サツキは今回ソロでの出演はないらしい。託生のバイオリンの伴奏のみ。なんとも不可解である。

「ソロのプログラムをするべき、か」

佐智は静かに繰り返す。

葉山託生は自分の演奏を過小評価しがちである。ソリストにあるまじき〝自分はさておき〟という感覚。ソリストとは、プロであろうとなかろうと、自覚があろうとなかろうと、利己的でプライドも高いイキモノだ。

なのに託生は、誰も彼もを力尽《ちからず》くで押しのけて前へ前へと出ようとは、しない。その分、自分の実力に迂《う》闊《かつ》に夢を重ねない冷静さを持つ、特異な学生である。

「ふふふ、相変わらず面白いなあ託生くん。それをズバリと言い切るとは」

佐智の〝葉山くん〟呼びが〝託生くん〟呼びへと、ほろりとくだける。

教授からやや友人モードへと移行したのだ。——尤《もっと》も、託生の好物のカフェオレの差し入れを手に、わざわざ練習室まで様子を見に行こうと思いついた時点で、教授の気遣いというよりは友人のそれであるのだが。

「面白いことなんて言ってません。むしろ、当たり前で当然の意見だと思います」

託生は律義に反論する。——この生真面目さも相変わらずだ。

「それはそうだけど、そういう意味ではなくてね。だって、サツキがソロをやるとなると託生くんの伴奏者がいなくなっちゃうよ？　自分が困ることになるんだよ、いいのかい？」

「それは、よくはないですけど……」

自分の都合を優先すれば、もちろん、みすみす困ることになりそうな意見を口にしたくはないのだが、パートナーとしての組みにくさ云々以前に、そもそも、サツキのピアノを聴きたいと思っている人は少なくないのではあるまいか。

年若き、いや、幼くしてあのような才能の持ち主が、切磋《せっさ》琢磨《たくま》して音楽を学ぶこの地の人々の間で噂にならないわけがない。

「でも井上教授、伴奏ではなく彼女のソロの演奏を聴きたいと思ってる人って、たくさんいるんじゃないんですか？」

断定して訊き返す託生に、佐智の表情が僅《わず》かに曇った。

ここへ現れたときからサツキは〝無邪気な子ども〟ではなかった。

外見はあきらかに幼くて、寮の同室者として紹介されたカルロッタは自分とサツキの年齢差を前以《まえもっ》て脳裏で計算した、あれは計算間違いだったのかと不安になったほどだった。東洋人の外見は実年齢より幼く見える。という風聞を目の当たりにした瞬間でもあった。

初めての海外留学、初めて訪れた国で、ろくに言葉も通じぬ見知らぬ年長者ばかりに囲まれて緊張していたのかもしれないが、サツキは滅多に笑わなかった。——あれから一年。

かなり打ち解けているであろう現在も、さほど状況は変わらない。サツキは滅多に笑わないどころか、年齢相応の無邪気な表情を覗かせることすら、ほぼ、ないのだ。

古今東西、名だたる作曲家のピアノ譜がズラリと並ぶサツキの本棚。ピアノ専攻ではないカルロッタですら、ラインナップの大きな偏り、というか欠落？　に気づいていた。それをサツキに指摘したこともなければ、話題にしたこともないけれど。ピアノを志す者ならば、憧《あこが》れであり、避けては通れぬ大作曲家の楽譜が、そこには一冊もないのだった。

　ピアノの詩人と称されるフレデリック・F・ショパン。超絶技巧も軽々とこなす華麗な指さばきが自慢のピアニストならば、『ラ・カンパネラ』等を作曲したリストに並び、必ずレパートリーに入れている大作曲家のひとりである。

　幼い年齢に見合わない、サツキに射す翳《かげ》は濃く深い。

　当初カナダの大学へ留学するはずが急遽取りやめ、変更となり、サツキはアメリカのターディフ大へやってきた。サツキの受け入れを心待ちにしていたカナダの大学は相当落胆したそうである。

　というのも、サツキがカナダへの留学を取りやめてしまったこともだが、恐らくそのきっかけになったであろう出来事、在校生であり、世界的な活躍を始めたばかりの若きピアニストを突然の事故で失ったからだ。その在校生の幼い妹がサツキであった。

　サツキの姉は、サチ・イノウエのような、若くして全世界的に大変に有名、というわけではなかったが、数年後にはそうなる可能性の高い新進気鋭のピアニストであった。妹のサツキにとっても、おそらく自慢で憧れのピアニストであり、姉だったはずだ。なればこそ、姉と同じ学び舎《や》を留学先にと目指したのであろう。

だが、姉の葬儀から数カ月後に状況が変わった。

サツキの、カナダへの留学が撤回された。

大学の落胆は、よってふたつの喪失によるものだが、無理強いもできない。

カナダ留学を取りやめた理由をサツキは語ろうとしなかったし、周囲の大人がどのように言葉を尽くしても撤回の意思を変えることはできなかったそうだ。

サツキの変化はそれだけではない。

以降、彼女はピタリとショパンを弾かなくなった。ピアノを習い始めた頃からの、得意なレパートリーであったのに。

姉を失ったことでピアノへの意欲も失ってしまったのではと危惧したのが、フランソワ・ナパロ教授である。ナパロ教授主催のサマーキャンプの常連でもあったサツキに教授は熱心な勧誘を続け、その勧めに応じるように、サツキはアメリカ留学を決めたのだ。

イタリアオペラだけでなく日本歌曲も専攻し、カタコトでも日本語の話せるカルロッタへ、サツキとの同室を打診してきた際に大学側から提供されたサツキの情報は、そのようなものであった。

サツキがショパンを弾かなくなった理由は、もしかしたら、ショパンが姉の代名詞だったから、かもしれない。前回のショパン国際ピアノ・コンクールで上位入賞を果たし、ポロネーズのベストパフォーマンス賞まで受賞して一躍注目の的となった、カエデ・アマノ。

声楽とピアノとで畑違いのカルロッタはカエデのことはまったく知らなかったのだが、インターネットで少し調べただけで、カエデがどれほどクラシック音楽界で将来を嘱望されていたか、彼女の不慮の死の衝撃、そして、――サツキへの過剰な期待を知ることができた。

　まだ幼いサツキが背負っているものの大きさや重さや苦悩はカルロッタには到底理解してあげられないけれど、少しでも力になれたらと常に思っていた。

　クローゼットから出されたままのサツキの大きなスーツケース。

　五月の半ば、スプリング・セメスター終了後に一時的に寮の中は騒がしくまた慌ただしくなる。卒業や進級や新入生を迎えるのに伴い、けっこうな人員の入れ替えが起きるからである。卒業生は寮を出て空室は増え、進級組であり引き続き寮を出ずに（このタイミングで友人や恋人と賃貸物件をシェアして借り始める学生もいる）残留する者の多くは部屋の荷物をそのままにしてさっさと帰省するのが定番で、新入生はまだ影もなく、よって寮内はしばらくの喧噪《けんそう》ののち、大変に静かな空間と化す。

　進級組で寮に残留するサツキもまた、三カ月半もの長い長い夏休みに入ると同時に日本の実家へ帰省するために、旅行用の大きなスーツケースへ荷物を几帳面《きちょうめん》にパッキングしていた。

　冬にも長い休みはあるのだが、ウインターシーズンは同時にニューヨークに於けるクラシック音楽のハイシーズンである。またクラシックのみならず、世界中のどこよりも多岐にわたる音楽シーンが充実しているとニューヨーカーは自負している。

　居ながらにして最高峰の季節が迎えられるのに、誰が帰省などするであろうか。マンハッタンで初めて迎えたウインターシーズン、サツキも帰省しなかった。毎日のようにバレエやオペラも含め、あらゆる音楽会を学生割引で鑑賞しまくっていた。

夏場はクラシックのオフシーズンで、大学に留まる理由はさほどない。一般的には師事している先生がどこかの国でサマーキャンプを開催するとなったなら参加したがるものだし、サツキが師事するナパロ教授が参加するサマーキャンプは、なんと、自分の大学である、こんなにラッキーなサマーキャンプもないものだが、サツキは関心を示さなかった。大学に入学して完全に教授に弟子入りした今となってはサツキにサマーキャンプの参加者になる資格はないし、今回はナパロ教授の個人的なサマーキャンプではなく、大学のサマースクールの指導者のひとりとしてナパロ教授が参加しているという形なので、通常ならば弟子として手伝いを買ってでるのが筋だけれども、その必要もないのである。

黙々と荷造りを進めるちいさな背中に、カルロッタはどうしても一抹の不安が拭《ぬぐ》い切れなかった。——日本へ帰ったサツキは、果たして、再びここへ戻ってくるのであろうか？

長い長い夏の休暇を故郷等で過ごした後に大学へ戻ってこられなくなる学生は、音楽関係に限らず、毎年それなりの数が生まれる。戻ってこないのではなく、戻ってこられない、ケースだ。家族や本人のやむを得ない事情で不本意ながらということもあるが、大学に戻ることがとてつもなく高いハードルのように感じられ、どうしても戻れなくなるという精神状態に陥る学生が、毎年少なからず生まれるのだ。

少しでも弱気になったらマンハッタンでは生活できない。根拠があろうとなかろうと、自信たっぷりでなければ住み続けられない。ここは、そういう土地柄である。また、ターディフ大も、学び続けるに競争の非常に激しい、そういう大学のひとつである。

大学からサマースクールでの伴奏者のひとりとして指名され、当初サツキは狼狽《ろうばい》していた。伴奏などしたこともないのに、初めてが演奏会で、しかも見知らぬ誰かのために弾くとか。

あり得ない、と、拒否していたのに、数日後、なぜか彼女は伴奏を了承したのだ。

その日からスーツケースの荷造りの手は止まったが、スーツケースはクローゼットから出されたまま。いつでも荷造りを再開するつもりと、カルロッタには映った。

たった一年間の同室で、カルロッタがサツキのなにを知っているのかと問われたら、さほど詳しくないと答えるしかないのかもしれない。それでも、カルロッタにとってサツキは、やや年の離れた妹のような気持ちの近い存在であった。サツキにとってカルロッタが姉のような存在かと訊かれたら、おそらくサツキはただの同室者だと答えるだろうし、軽々しく『姉』を名乗らないでと怒るかもしれないけれど。

いつの間にか芽生えた、保護者のような気持ち。

いっそスーツケースをクローゼットにしまってしまおうか。

相手の荷物にはお互い勝手に触ったりしない（室内の使用の邪魔にならない限り）と取り決めていたし、部屋の隅に寄せて置かれているスーツケースは決して邪魔ではないのだが、いかんせん、どうにもこうにも目について、カルロッタの胸を不穏にざわつかせるのである。

ずっと放置のままだし、よし、しまってしまおう。

意を決したものの、それでも躊躇《ためら》いがちにそろそろと手を伸ばし、スーツケースの把手に指

先が触れかけたとき、トトンとノックの音がして、

「ははい!?」

反射的に手を引いて、カルロッタは返事をする。

と、ゆっくりとノブが回ってドアが開いた。

室内のカルロッタへ決まり悪げな表情を見せ、

「……ただいま」

ぼそりと、サツキが日本語で挨拶した。

「オカエリー」

カルロッタは咄嗟に明るい笑顔と日本語で、サツキへ返す。自分が在室のときはいつもそうやってサツキを迎えていた。サツキには、この部屋をホームと思ってもらいたくて。

さすがに日常会話は英語だが、サツキのおかげでカルロッタの日本語も、カタコトからそこそこへと、かなりの上達を見せていた。

「んん？　サツキ？　サマースクールに行ったんじゃなかったの？」

行ってきます。から、さほど時間が過ぎていない。

「行ったよ。今日はもう終わり」

サツキはやはりボソリと応《こた》える。

「もう!?」

さすがに驚く。さっき出掛けたばかりで、もう？　ってまさか、「ちゃんと、合わせる練習

してきたの？」

　まさか、途中で気が変わって、すっぽかしたとか？

「してきたよ」

「本当に？」

「順調だったから、早く終わったの」

「本当に？」

「本当に！　本当の本当！　……思ってたより、上手だった」

「相手の子が？　楽器なんだっけ？」

「バイオリン」

「へええ？」

　そうか、すっぽかしては、いないのか。……良かった。「近くで聴いたバイオリンの音、どうだった？　狭い練習室で間近で音を聴くの、初めてでしょ？」

「うん。ざらざらしてた。あんなにざらざらしてるのに、少し離れると澄んだ音に聞こえるのって、ちょっと不思議」

「そうよね。私もそう思う」

「カルロッタの歌を初めて聴いたときも、そう思った」

「そうなの？」

「近くで聴くと迫力あるけど、離れて聴くと、すっごく澄んでてキレイな歌声なの」

面と向かって誉められて、カルロッタは照れる。

「そ、そうなの？　ありがとう」

「でも、合わせるのは無理だった。——伴奏、無理」

話がバイオリンに戻る。もしや初めての伴奏で、途中でとてもしんどくなって、早々に切り上げてしまったのだろうか。

「明日も練習あるんでしょ？　今日より、初回よりはスムーズにいくかもしれないわよ？」

「そんなことない」

「やってもないのに、決めつけないの」

カルロッタがぴしゃりと言うと、サツキは渋々顔を上げ、

「だって、合わせるなんて、ぜんぜんわかんないんだもの」

「伴奏を引き受けたのはサツキの意思でしょ？　誰にも強要されてないでしょ？　初めてのことに挑戦するのに、最初からうまくいくはずないじゃない。というか、うまくいくはずないとわかってたけど挑戦しようと思ったんでしょ？　違う？」

「……うん」

「だったらそんなに簡単に音を上げないの。やってみたら想像以上に大変で、でもサツキが大変だったなら、きっと相手も大変だったのよ？　しかも、メインはバイオリンなのよ？　演奏会でうまくいかなかったなら、恥をかくのもバイオリンなのよ？」

「…………うん」

「だいたい、自分で挑戦しようと決めて、初回でリタイアとかありえないから」

「——うん」

サツキが強く頷《うなず》く。負けず嫌いのサツキ、初回でリタイアはさすがに嫌だと見える。

「オーケィ。あ、そうだ、ベスが今日のランチにコトレッタ・アラ・ミラネーゼを食べに行くんですって。サツキはどうする？」

「私も食べたい！」

「明日も頑張るならご馳走《ちそう》してあげるけど、どうする？　一緒に行く？」

「行く！」

サツキは早速、楽譜を本棚へ差しに行き、「明日も頑張る！」

元気にカルロッタへ振り返った。

「まあまあ、ゆっくりコーヒーでも飲んで、少し落ち着こうか。せっかく淹れたてのカフェオレだし」

ピアノ用の、高さが調整できる二人掛けできそうな背凭《せもた》れのない長椅子の端に、佐智はちょこんと座ると空けたスペースをとんとんと指先で示して、「託生くんも、どうぞ」

と促す。

促されるまま佐智の隣に座ったものの、あまりの距離の近さに託生は軽く動揺した。

たまにピアノ科以外の友人と遊びで連弾をするときは、腕も肱《ひじ》もぶつかり放題でじゃかじゃか（下手くそ同士なので）弾いて、ふざけているので近さはさほど気にならないが、——ふざけてないので、すごく気になる。しかも相手は井上佐智だ。昔も今も託生の憧れの人である。よって、ものすごく落ち着かない。超絶にキレイな顔のドアップは、恋人だった（一応、ここでは過去形で）ギイのおかげでいやというほど見慣れているが、井上佐智の美貌《びぼう》はギイのそれとはまた異質の、というか、男の肌ではないな、すべすべで。

ふたりで肩を並べてそれぞれのコーヒーをごくりと飲む。——託生は動揺を隠しつつ。

「んー、美味しい」

と、佐智。

「ふう。ホントに美味しいですねえ……。井上教授のって、なんですか？」

「オリジナルブレンドだよ」

追加の五ドルを受け取らず、土産をもらったからと佐智の分はサービスにされてしまった。義理堅いキース。彼のそういうところも佐智との付き合いが長く続いている理由のひとつかもしれない。「あそこのはとても美味しいんだ。ブラックだけど、試しに飲んでみるかい？」

気軽にひょいとコーヒーを差し出されて、託生は詰まる。

「え。いや、味には興味ありますが、……やめておきます」

興味があるのは事実だし、いくら本人のすすめがあっても飲みかけに口をつけるなど、そんな場面を見られたら、世界中の熱狂的な井上佐智ファンに殺されそうだ。誰に見られてもいないけど、見られてはいないが、見られてなくてもそんな恐ろしいことはできない。

「わかった。さては義一くんに嫉妬《しっと》されるのを警戒しているね？」

佐智が面白そうにくすくすと笑う。

「そういう意味ではないんですが……」

託生は曖昧《あいまい》に返す。

高校三年生の夏（九月だったから夏でいいよね）、託生たちが学んでいた全寮制の男子校、私立の祠《し》堂《どう》学院高等学校から忽然《こつぜん》と姿を消してしまった義一くん、こと、ギイ。結果的に中途退学になったのだが、そもそも卒業予定がなく、入学、いや、アメリカから留学してきたのだそうだ。世界規模のとてつもない御曹司で、それゆえに複雑な背景を持つギイとの突然の別れは、別れの言葉のひとつもなく、それは託生だけでなく祠堂の生徒全員がそうだったのだが、その事実は託生をひどく茫然《ぼうぜん》とさせたけれど、やがて、強く固い決意へと、託生を導いた。

あれから音信不通のまま、かれこれ二年近くになる。

その間、ギイがどこでなにをしているかの情報は一切得られず、託生が目標にし、よすがとしていたのはギイの実家がこのマンハッタンにあること、だった。

もうひとつ。

ギイとの関係をまるで現在進行形のこととして当たり前のようにからかってよこす、井上佐智という存在。彼はギイの幼なじみであり、託生より古くて長い付き合いを家族ぐるみでしているのだ。

佐智もまた、本人が世界を股《また》にかけて活躍する天才バイオリニストであるだけでなく、グローバル展開している企業を経営する親を持つ、とてつもない御曹司なのである。

ギイと同じ世界に住む人。

だが、その佐智ですらギイの現況はわからないし連絡も取れないという。

「……井上教授はぼくに忠告しないんですね」

「忠告って、どんな？」

「ギイのこと。忘れろとか諦めろとかいつまでもこだわってないで前に進めとか、そんなふうなことを一度も言われたことないですし、それどころか、まるで――」

「だって別れてないんだよね？」

「わ、かれては、ないと思います」

「ふられてもないよね？」

「ないです」

託生の記憶に残る最後のギイは、託生に愛を告げたギイだ。

「義一くんにとって託生くんは〝奇跡の宝物〟のような存在だからね、別れるのもふられるのもあり得ないと僕は思ってるんだ」

「そ、そこまでの、ものでは……ないと」

思います。と、口の先でちいさく続ける。

照れるというより恐縮する。――奇跡の宝物とか、さすがに、それは……。

けれど。あの日、あのときに告げられた愛が、今も変わらずギイの中に在って欲しい。消えたり薄まったりしていないで欲しい。人の気持ちは変わるものだけれど、託生の気持ちは変わらなかった。それどころか、会えない日々に、より愛情は深まった気がしていた。

「義一くん、最終日のコンサートに来てくれるといいね。チケットは送ったんだろう？」

「はい。配られた日に、日本から」

「無事に義一くんの手元に届いてるといいね」

「届いてても来てくれるかは、……わからないですけど」

「届いてたら、来るんじゃないかな」

「あ！　あー、もしかして、ギイに届いてないってことも、ありますか？」

「あるんじゃない？」

　さらりと返されて託生は頭を抱えた。

「で、ですよね。そうか、実家に送っても、必ずしもギイの手に渡るとは、……そうか」

「日本に返送されてないのなら、義一くんの家には届いてるってことだよね」

「でも、あの、エアメールにもやっぱり郵便事故とか起きますか？」

「けっこう起きる」

「うわ……、水の泡だったらどうしよう……」

　せっかくここまで来たのに、そもそも、託生がギイに会いたい一心でマンハッタンまでようやく辿り着いたことをギイがまったく知らなかったなら、「……えええええ」

託生は両手でコーヒーの紙コップをくっと握る。二枚重ねのスリーブのおかげで丈夫さが増し、紙コップはくしゃりと潰《つぶ》れずに済んだ。

マンハッタンへ来れば必ずギイに会えると思っていたわけではない。わけではないが、これで駄目なら託生にはもう打つ手なしだ。

「ギイが、いつも、魔法みたいにぼくの前に現れるから、……消えたときも魔法みたいだったけど、魔法というか、超人的というか、だから、必死に頑張れば、受け取ってくれる、受信的な？　つまり、伝わるような気がしてて」

「……うん」

佐智が優しく頷く。「そうだね、義一くんはちょっと、人間離れしているものね」

稀代の天才というかなり人間離れしている人にさえ〝人間離れしている〟と評されてしまうギイ。だが託生に否定はできない。それくらいギイは不思議な存在なのだ。ギイにとって、託生が奇跡の宝物とか、事実なら嬉しいけれどもやはりそれは持ち上げ過ぎだと思うし、というか、託生からすればギイこそ不可能をあっさりと可能に変えてしまう、超人的な存在なのだ。

そういう場面を何度となく目にしたし、遭遇した。

ギイこそ、奇跡を起こす人。

そんなふうに、いつしか思うようになっていた。

「義一くんの情報収集能力の高さはピカイチだけど、すこぶる勘も良いんだよね、直感が鋭いというか。面白いよねえ」

佐智がまた笑う。

「最終日のコンサートのこととか、ターディフ大への留学のこととか、ぼくが今マンハッタンにいることとか、知っててくれてたらいいなと、思ってます」

「義一くんの妹の絵利子《えりこ》ちゃんに協力を依頼したらどうだろう？」

ギイがエリィと呼んで可愛がっている妹。日本語は話せるし日本語の本も読めるけれど、日本語で文章を書くのはやや苦手なエリィ。それでも託生に日本語で手紙を書いてくれた。英語では託生が理解できないかもしれないと思われたのか、日本人の託生へ礼儀として日本語で書いてくれたのかは、本人に確かめたことがないのでわからない。

もうひとつ、託生がギイの実家へ送ったギイ宛のバレンタインのチョコレートを家族に内緒でこっそりとギイへ転送していたのも絵利子であった。むろん託生はそのことは知らない。

ともあれ、優しい少女である。

兄《ギイ》が目の中に入れても痛くないほど可愛がっているのが託生にも理解できるくらいに。

「マンションを訪ねたときに、一階の出入り口のガードマンから、家族は全員留守だと伝えられました」

「そうなんだ？　絵利子ちゃんは不在だったのか、それは残念。というか託生くん、義一くんちのマンションを訪ねてたのか」

託生よりギイとの付き合いが長い佐智。――ギイや家族の不在も既に知っていたかもしれない。と、遅まきながら、今、気づいた託生であった。

「……あの、井上教授はいつ頃からこちらにいらしてたんですか？」

託生と同じ飛行機に大学関係者はひとりも乗っていなかったので、――大学から支給された航空券（もちろんエコノミークラスだ）でスケジュール通りに渡米したのは託生だけである。本来ならば一緒に渡米するはずの他の留学メンバーは一足先に家族ぐるみ（！）でマンハッタン入りしており、最終日の演奏会へも家族総出で聴きにくるそうで、家族愛はさておき費用的に、託生にはとてもとてもついていけない世界であった。裕福な人々にはありがちなのかもしれないが、大学の用意した航空券は辞退して、親が用意したビジネスクラスを家族と共に利用したのだそうだ。おおよそ十時間ものフライトを、エコノミーのぎゅうっと押し込まれた狭い空間で過ごすのは拷問のよう、らしい。

そういえば。

ふと託生は思い出す。ひょんなことから舞い込んできた初めてのアメリカ旅行、そのエコノミーのチケットを、自分も同行するからとギイが勝手にビジネスクラスにアップグレードさせたんだっけ。

今回、初めて利用したエコノミー。狭いは狭いが、託生にはそんなに悪くなかった。

「アメリカに入国したのは先週だけど、マンハッタンに着いたのは数日前だよ」

世界中を飛び回る多忙な演奏家、しかも御曹司の井上佐智ともなると、ビジネスクラスではなくファーストクラスだろうか？　気になるが、そんなこと、下世話すぎて訊けない。

「でしたら、ギイのマンションには……？」

「僕に別段用事はないから訪ねてはいないけど、怖がりの託生くんにしては頑張ったねえ、崎家のマンションを訪ねるなんて」

「や、あ、……はい」

頑張りました！

正直とても怖かった。

アポイントメントを取っていたわけではなかったし、不審者扱いで親から門前払いされたらどうしようかと内心びくびくしながらマンションを訪ねた。

門前払いどころか家族が誰もいなかったので、それはそれで途方に暮れる心持ちになったのだが。

「ギイのケータイが繋がらないままだったから、ニューヨークに着いてもまったく変化がなかったし、だからギイはここにはいないのかもしれないなと、思ってはいたんです」

託生はポケットから薄いケータイを取り出した。

相変わらず画面は暗い。

自家製の（といっても素人のそれではない）このケータイは、壊れているのか確かめるにしても、日本海外を含め、どのメーカーの製品でもないし、どのようなハイテク技術が使われているかも託生にはまったくわからないので、とにかく、そのままに、どこへ行くにも大切に持ち歩いているのだった。

「でも、もし家族のどなたかがいらしたら、絵利子ちゃんとか。そしたらせめて、挨拶はしておきたいなと、思って」

　話題にしているだけなのに、じわりじわりと緊張してくる。

　託生には容易に立ち入れないギイのプライベートエリア。二年前の春に初めて滞在したときは我が家のように自由に出入りさせてもらっていたが、それは託生が崎家のゲストだったからで、マンションの住人として認められていたわけではない。

　託生ひとりでは、マンションの建物の前まで来ることはできても、ギイの実家の玄関にすら辿り着くことができない。ギイの恋人だったというだけで、他にはなんの資格も権利も持ってはいないからだ。

「ギイだけじゃなく、ちょうどバカンスのシーズンだから他の家族も旅行とかに出かけてて、誰もいないかもしれないなと、ちらっと思ってはいたんですけど」

　ある意味、予想通りの展開であった。

　ギイに招かれて滞在したとき、バカンスで家族はいなかったのだ。多忙な父親はバカンスではなく、仕事で不在だったのだが。

「そうだねえ、夏になるとニューヨーカーはこぞってあちこちにバカンスに出掛けてしまうからなあ。おかげで我々の宿泊施設には困らなかったけどね」

　佐智が悪戯《いたずら》っぽくちいさく笑う。

　国内外から観光客はマンハッタンに押し寄せるが、マンハッタン居住者は外へ出る。現在のターディフ大の学生寮や大学が契約しているアパートメントのように、多くの人々の入れ替えが発生している。おかげでコンディションの良い空室が借りられて（ホテルを押さえる必要がなくて）プログラムとしてはとても助かる。しかも大学のすぐ近くの部屋をだ。

　日本では四月に大学生活がスタートしたばかりで迎える夏休みだが、ターディフ大を含め海外の多くの大学では一年間の履修課程が修了し、次の学年に上がる前の長期休暇となるので、同じ夏休みでも日本の大学生とでは相当に過ごし方に差異がある。

　もちろん帰省しない学生もいる。おかげで、ボランティアとして参加している音楽学部の在校生だけでなく、他の学部の学生ともうまくすれば交流をはかれるので、音楽以外にも学ぶチャンスは多い。この期間をどう活用するかは、本人次第だ。

「義一くんがいたら、大学が用意したアパートなんかに住まないでうちのマンションから通えば良いって言い出しそうだよねえ」

　ああ、言いそう。言うだけでなく託生の荷物を勝手に自分の部屋へ運び入れそう。

　その様子があっさりと想像できて、――想像するのはこんなに簡単だけれども、その場面を現実に見るとなると、絶望的に難しそうだ。

「さて、と、葉山くん。念願叶《かな》って義一くんがコンサートに来てくれたとして、果たして義一くんが感動してくれる演奏が葉山くんにできるかどうか、の話に切り換えようか」

　託生くん呼びが葉山くんへと変わる。――友人としてではなく教授としての指導モードに変わったということである。

「――はい」

託生は素早く居住まいを正す。

「サツキの影響で城縞くんが恋しくなっているようだけれども、城縞くんも本来は伴奏者ではないんだよ」

「もちろんわかってます。京古《みやこ》野《の》教授の指導の一環で、例外的にぼくの伴奏をしてくれていることは」

「自らの音楽の世界をより広げてゆくために、伴奏をすることが結果ソロの演奏にプラスに働くこともあるからね」

託生たちは音大生として様々な学びを重ねている最中なので、似て非なる分野に手を出すことに異論があるわけではない。ないが、城縞に関しては常に複雑な心持ちであった。常に、申し訳ない心持ち。

当の城縞が、葉山くんの伴奏は自分のためにやっているのだと託生へはっきり告げてくれたこともあり、なので、事実そうかもしれないけれども、とはいえ鵜呑《うの》みにしてはいけない、気もしていた。だいたい城縞ほどのピアニストを伴奏に使うなど、せいぜい一部屋分の荷物しか持ってない一人暮らしなのに何部屋もある豪邸を借りているような、近所のスーパーに買い物に行くくらいにしか車を使わないのに大きな高級車に乗っているようなちぐはぐさというか、分不相応な感じが、なんとも居心地が悪かった。

とてもありがたいけど、ものすごく申し訳ない、心持ち。

託生は、城縞が迷惑そうな表情ひとつせず伴奏を続けてくれている、彼なりの、意義なり、価値なりを、未だに理解できずにいるけれど、城縞の言葉を疑ってはいない。自分にとっては価値あることと告げられて、素直に嬉しかったのだ。迷惑だったり余計な負担や足かせだったりしたならば到底いたたまれないと（周囲からあれやこれやと中傷されてしまうのはともかくとして）思っていたので、安堵もした。

教育の場。

まっすぐに進むだけが学びではない。

「とはいえ、長く続けてはいけないな」

井上教授の言葉に、託生はそれこそひやりとした。

「……長く続けてはいけない？」

本音を言えば、サツキはさておき伴奏者としての城縞を失うのは、痛い。分不相応なストラディバリウスを失った、あのときと同じ大きな喪失感に見舞われそうだ。一から伴奏者を探す苦労も然《さ》ることながら城縞の紡ぐ上質な音に耳がすっかり慣れてしまっている。初めてコンビを組んだ相手が城縞なのだ、城縞のときには当然なかった苦労だが、次の伴奏者と城縞のピアノとを、比べないわけがない。

「ソリストに伴奏癖がつくのはよろしくないからね」

理屈はわかる。わかるのだが、

「つ、つまり、井上教授は、京古野教授の指導に、疑問があるんですか？」

城縞の伴奏を失うのは、——痛い。

「ないよ?」

軽く否定した佐智は、「これが京古野教授の判断でなかったら、早々に城縞くんを心配することになっただろうけどね。引き際は京古野教授が指導教授として見極めるだろうし」

——引き際。それは、コンビ解消のときだ。

「そ、そのときは、伴奏を続けたいともし城縞くんが言っても、通らない、ですか?」

「さあ? どうかな。もしそうなったら葉山くんはどうする? 京古野教授に逆らってでも、伴奏者を続けて欲しいと城縞くんに頼むかい?」

「それは……」

伴奏癖、そんなものがついたりしたら、とんでもないことになる。伴奏はソリストにとって場合によっては〝逃げ〟だから。ひとりではもう戦えないと弱気になったときに逃げ込むには恰好《かっこう》の場所だから。

たったひとりで戦い続けるのがソリストだ。

ひとりが怖くなったなら、逃げたらもう、ソリストに戻れなくなるかもしれない。

「…………わからないです」

「ね? わからないよね。僕もわからない。そのときが訪れたなら、どうすべきか相当に悩むだろうことは間違いないけどね」

「……はい」

城縞に伴奏をしてもらっていること。今ですらせめぎ合っているのだ。密かな葛藤《かっとう》が常に胸の奥にあるのだ。

　申し訳なさとか、後ろめたさとか。

「京古野教授の思惑はさておき、城縞くんが何を考え、どう感じていて、葉山くんの伴奏を続けているのかは僕にはわからないけれど、組み始めた当初はかなり戸惑っていたが今となってはとても楽しそうだと京古野教授がおっしゃっていたよ。得るものがあるから、だから現在も城縞くんは葉山くんのパートナーを続けているんだろうね」

「ありがたいです。正直、すごく」

　でも――。「でも、多分、それは、ぼくが城縞くんとうまくやっているということではない気がします」

「そうなんだ？」

　意外そうに佐智が託生を見る。「揉《も》めては、ないよね？」

「揉めませんよ」

　託生は即答した。「城縞くんは、誰とも揉めたりしないタイプです」

「確かに。ああ見えて、彼は誰ともぶつからないからね」

　人を寄せ付けない孤高な雰囲気。滅多に笑わず一見きつそうに映るのだが、話してみると印象が変わる。城縞はピアノのことしか考えていない。大袈裟《おおげさ》でなく、それ以外は耳にも目にも入っていないのではないかと思われた。

「葉山くんとは似た者同士だね」

大学に入ってからの託生も、朝から晩までひたすらバイオリンのことばかり考えていたし、ひたすら研鑽することに没頭していた。

ただひとつ違うのは、託生はバイオリンの先にギイを見ていた。ギイの存在を感じていた。託生にとってはバイオリンを弾く道が、好きな人へと続く道だったのだ。

「単に揉めないというだけでなくて、僕は彼にも得るものがあるのかなと考えていたけれど、もしかしたら、純粋に楽しいのかもしれないな。京古野教授が察しているように、城縞くんは葉山くんの伴奏をするのが楽しいのかもしれない」

楽しい？　城縞に楽しんでもらえるような、自分は、バイオリンを弾けているのだろうか？

「……それは、過大評価だと思います」

「そう？　話をサツキに戻すけど、二十分と時間を区切った彼女がちゃんと二十分、葉山くんに付き合ったという意味もね、僕は重要じゃないかなと思ってるんだ」

「え？　予告どおりだったことがですか？」

「二十分しか時間がない、というのは、二十分きっちり付き合う気はない、という意味でもあるんだよ？」

「えっ!?　じゃあ、もっと短かった可能性が？」

「二十分を待たずに打ち切って、はいおしまい。の、可能性もあったわけだね」

ということは、どういうことだ？

ラッキーだったということか？

にしても、さすがに、

「……傲慢《ごうまん》すぎませんか？」

初対面の相手にすることだろうか。——託生との年齢差だってあるのに。いや、年齢について四の五の言うのは、……違うか。

相手が年上とか年下とか、そういうこと、音楽では、関係ないか。

佐智は小首を傾げると、

「そうかもしれないし、そうではないかもしれないね」

軽く流す。

「彼女が天才だからですか？」

「天才であろうとなかろうと、演奏家はエゴイスティックなイキモノだからだよ」

「エゴイスティック……」

「うちの学生はそういう意味では全体的にとてもおとなしいよね。葉山くんも、まずは状況を受け止めるところから始めるし」

桜ノ宮坂音大の学生に限ったことではないが、和を以て貴しとなす日本人には、その傾向が強いように感じる。「周囲と調和するにはそのやり方はとても素晴らしいと思うけれども、演奏は激しい自己主張だからね。誰がなんと言おうとも、自分はこれでいくと決めたらゴリゴリと押してゆく。でなければ、最悪、常に誰かの言いなりの演奏をすることになる」

——常に誰かの言いなりの演奏？

「ぼくは……」

譲らないサツキ。「ぼくも、強く出るべきなんですか？」

あの二十分間。伴奏なのに、サツキは自身のピアノに深く入り込み、彼女の耳は託生のバイオリンを一切聴いていなかった。

強く出るべきか否か。

「その判断は葉山くんに任せるよ」

佐智はにっこりと笑うと、「どうすべきか、ではなく、どうしたいか、だからね。いいかい。この曲の主役は葉山くんだ。サツキではない」

譜面台の楽譜を指で示した。


「ほらよ」

トンと紙コップ入りのコーヒーがカウンターへ置かれる。スリーブは二枚重ね。ミルクは通常のカフェオレよりもやや多め。

「ありがとう、キース」

託生が支払いを済ませると、

「今日は休みなんだろ、タクミ？　律義にわざわざここでコーヒー買わなくても、たまには外のカフェを利用してみたらどうだい。マンハッタンにも良い店はたくさんあるんだぜ、バーチやマッドとかな」

キースがからかう。

英語はあまり得意でなくて、言われたセリフのほとんどが理解できなかった託生としては、キースのからかい口調と、かろうじて聞き取れた〝休み〟と〝カフェ〟と〝マンハッタン〟の単語から、自分なりに推理して、

「ここのコーヒーが一番好きです」

と、返した。

託生の語学力の低さにキースも気づいているが、かまわず喋る。

「そうかそうか、こっちこそ、いつもありがとうな。サチの愛弟子がタクミで良かったよ。コンサートでの演奏、俺も楽しみにしてるから頑張れよ」

コンサート、の部分に、託生は曖昧な笑みを見せた。きっと応援されてるんだろうなと予想はするが、期待に応えられる自信がない。

キースへ「シー　ユー（また来ます）」と挨拶して、コーヒーを手に東ロビーを出てセントラルパークへ徒歩で向かう。今日は今回のプログラムで二度目の休日である。朝から晩までまるまる一日休みだが、他の参加者たちは朝早くから迎えに来た家族と遊びに出掛けたし（託生だ

け家族がこちらへ来ていないと知り託生も一緒にと誘ってくれた家族もあったが、せっかくの水入らずに邪魔をするのは憚《はばか》られて遠慮した）、マンハッタンは世界のあらゆる流行の最先端の地ではあるが、今の託生にはそれを追いかける気力がない。

肉体的にはぜんぜん疲れていないのだが、精神的には、相当に疲弊していた。

淹れたての熱いカフェオレをちびりちびりと飲みながらのんびり歩いていると、やがて自然史博物館のプラネタリウムのてっぺんが、ビルの合間から見え隠れし始めた。

自然史博物館。薄暗いシロナガスクジラのフロア。託生とギイの奇跡の場所。

「……そうそう奇跡なんて起きっこないけどね」

いくら奇跡を起こすギイでも、あの日のようにあそこへ行けばバッタリ会える。なんて、そんなに都合良くはいかないだろう。わかっているが足はどんどんとそちらへ向かう。あそこはギイにとって幼い頃からの大切な場所。それが今や託生にも大切な場所となっていた。

ギイ。……ギイ。

会いたいなあ。

聞いてよギイ。サツキとの演奏は、まったく進展の気配がなかった。練習の二十分こそ変わりなく二十分のままだけれど（途中でどんなに不機嫌そうな表情となっても、サツキは二十分きっちりとピアノを弾いた）、今回の留学で託生のバイオリンを指導してくれるターディフ大のスタッテン教授はとても渋い顔をして、

「弾くたびにこうもガチャガチャと演奏が変わるとはね。せめて、ひとつのスタイルに絞って

きなさい」

と、託生へ告げた。

昨日のレッスンでのことである。

どの教授のレッスンにも日本語の通訳が入るので、託生に通訳してくれた人は他の留学生のレッスンにも参加している。――こんな初歩的な指摘をされたのはきっと託生だけである。それを通訳されてしまって、恥ずかしかった。

次の教授の指導日までに、どうにか今の不安定極まりない演奏を安定させなければ。留学期間の正味三週間。始まる前は長く感じていたけれど、プログラムをこなしていると、あっと言う間に過ぎてゆく。本番までもう、そんなに日にちは残っていないのだ。

メロディラインは難しくない。とっくに暗譜もできている。三拍子なので何も考えずに弾いてもロマンティックなワルツになる。叙情的な曲なので、情感豊かに弾くのが正解だろう。難解な要素はひとつもないのだ。ただ、サツキのピアノと合わないだけで。

曲想がぶつかる。託生と、サツキで。サツキはたちまち不機嫌な表情となり、託生の解釈はセンスがないと言わんばかりの視線を投げてよこす。

主役は託生だ。

わかっている。

譲らなくていいのは、託生だ。

それも、わかっている。

だが、なんとも居心地が悪い。

「……天才と戦うなんて、無茶だよな」

サツキの解釈の方が魅力的なのかもしれない。そう感じてしまっているから、託生としては立つ瀬がない。

どんなに魅力的な解釈であれ、もしサツキの解釈を採用したら、託生はサツキの才能に食われるだろう。

伴奏の言いなりにバイオリンを弾くことになる。

そんなのは、嫌だ。

天才と戦うのは無茶だけれど、負けるわけにはいかないのだ。

ターディフ大が臨時の学生証を発行してくれたので、博物館や美術館のチケットを学生割引で入手できる。学割はパスポートを見せるだけで良いのだが、パスポートを持ち歩くのは不用心だとの配慮で。

店にもよるが、本やＣＤにも割引が利くらしい。舞台のチケットにも利くかもしれない。自然史博物館に行くもよし、せっかくマンハッタンにいるのだから、どこへなりと——。

「はああ……」

託生は思わず溜め息を吐いた。

ともあれ、紙コップのコーヒーを手にしたままではどこにも入れない。

しかし、せっかくのカフェオレを一気に呷《あお》るのは、勿体《もったい》ない。

セントラルパークをぐるりと囲む、幅広い歩道に沿った背の低い石の壁。そこへ腰だけ寄りかかるようにして、託生は歩道や車道をゆく人々を眺めた。

コーヒーを飲み終えたら自然史博物館へ行こう。シロナガスクジラを下から見上げて、あとは、そうだ、恐竜を見よう。確かギイも恐竜のフロアが好きだったはずだ。

……ギイ。

半袖《はんそで》のポロシャツ。胸のポケットからケータイを取り出す。画面はやはり暗いまま。

「……だよな」

呟《つぶや》いて、ポケットへ戻す。

会いたいなあ、ギイ。今どこでなにをしてるんだろう？　たまにはぼくのこと、思い出してくれてるのかな？

気持ちが弱くなると、託生はギイを思い出す。

どんなピンチに直面してもからりと笑って吹き飛ばす、ギイの明るさと強さに、どれほど励まされ力づけられていたことか。

「……笑い飛ばされたい」

なーにをくだらないことでぐちぐち悩んでるんだよ託生。

ぜんぜんくだらなくないし、これは、自分の才能の平凡さゆえの限界をどう越えてゆくかの問題だから、ぜんぜんくだらなくないんだけれど、でも。

くだらないって、笑い飛ばされたい。

再び溜め息を吐いたときだった。

「……コニチハ」

遠慮がちな声がした。それが日本語だったので、託生ははっと顔を上げる。

そこに赤毛で白い肌の女の子が立っていた。目と目が合う。

「あ、の、ぼく、ですか？」

通行人はそれなりにいるが託生の周囲には人がいないので、挨拶されたのは、消去法で託生かもしれない。しかもピンポイントで日本語。アジア人の外見をしているからといって日本語しか喋れない日本人とは限らない。ここはマンハッタンなのだ。

「アナタ、ハヤマ、タクミ、サン？」

「えっ!?」

なんでぼくの名前を!?　あ、もしかして、「あなたはターディフ大の学生ですか？　ボランティアの？」

なにせここから大学は目と鼻の先だ。

「ハイ。ワタシ、カルロッタ、イイマス。ボランティアスタッフ、デス。and サツキ、ノ、ルー……、トモダチ、デス」

「サツキちゃんの？」

中学生くらいのサツキと託生より年上かもしれないカルロッタ。ふたりがトモダチ？

「カイワ、スコシ、イデスカ？」

「かまいませんけど、あー……、すみません、ぼく、英語が、あまり話せなくて」

「スミマセン？　ノー？」

断られたのかと思ったのか、カルロッタの表情がすうっと沈む。

「ややや、イエスです！　イエス！　ばっと、あ、あー、あいきゃんのっとすぴーくいんぐりっしゅうえる、……です」

「オー！　ワタシ、ニホンゴ、スコシ、トクイ」

カルロッタが弾けるように笑う。

向日葵《ひまわり》が咲いたような明るい笑顔に、つられて託生も笑顔になった。


「――これっていったいどういうこと？」

不機嫌そうな表情に怪訝《けげん》さも加わり、サツキが託生をじろりと睨む。

「だってサツキ、『Non ti scordar di me』を演奏するんでしょ？　だったら教えてくれたら良いのに。これカンツォーネなのよ？　カンツォーネ」

大事なことなので二回繰り返したカルロッタ。イタリア系アメリカ人のカルロッタにとってカンツォーネは、故郷の歌のようなものである。そしてカルロッタの巻き舌〝r〟の発音は、完璧《かんぺき》であった！

レッスン室【A　101】。

　伴奏譜を胸に抱え、ドアのノブを握ったまま、サツキは室内にいる託生とカルロッタを交互に見ると、

「私、歌の伴奏をするつもりはないけど」

　とカルロッタへ告げた。

「じゃあ訊くけれどサツキ、あなた、これの原曲知ってるの？」

「……知らない」

「楽譜だけでしょ？」

「楽譜だけで充分じゃない」

「そうかしら？」

「そうよ。ナパロ教授はこの楽譜に、想いのすべてを書き込んであるんだから」

「でも編曲なのよ？　オリジナルは歌唱なのよ？　人間の声。いくらバイオリンが最も人の声に近い楽器と俗にいわれていても、人間にはブレスがあるのよ？　声帯も。声質も。腹筋も。なによりこの曲には〝歌詞〟があるの。それらをまったく考慮せずにこの曲の本質が演奏できると、本気で言うの？」

　畳み掛けるようなカルロッタの早口の英語に、託生はまったく聞き取れなかったが、

「……それは……」

　サツキには聞き取れていた。

「ぐずぐずしないでサツキ。二十分しか時間がないんでしょ？　私がタクミに頼まれたのよ、

もっとこの曲を理解したいと。協力すると、約束したの。タクミがバイオリンを弾く一回分を私がもらって歌うから。さあ弾いて、早くピアノの前に座って」

　強く言い渡され、いつにないカルロッタの明言に、サツキは渋々とピアノへ向かう。

「……一回きりよ」

「ありがとう、サツキ」

　にっこりと笑ったカルロッタは、笑顔のまま託生へ目配せした。

「ありがとう、カルロッタ」

　すかさず託生もカルロッタへ礼を言う。

「ありがとうは私が歌い終わってからね、タクミ」

　カルロッタが軽くウインクする。

　日本では『勿忘草《わすれなぐさ》』で知られる『Non ti scordar di me』。とても古い歌曲なので耳にしたことのない人がほとんどであろう。昔のイタリア映画の主題歌である。楽譜を渡されるまで、託生もまったく知らなかった。

　――きみの愛がなければ自分には、この世に生きている価値などない。愛する人を失い、生きる希望を失い、その忘れ得ぬ想いを勿忘草の花に重ね、切々と、情感深く、美しくセンチメンタルなメロディのカンツォーネ。カルロッタはそれを原曲のイタリア語ではなく、翻訳された英語の歌詞で見事に歌い上げてくれた。

　歌詞の意味はほぼわからないのに、気づくと託生は涙していた。

びりびりと鼓膜と心が震わされ、胸の奥が何度も何度も揺すぶられ、——失った恋人を取り戻したいという赤裸々な強い想いが、美しいメロディの繰り返しの中で何度も託生に迫った。

こんなに美しいメロディなのに、潜んでいたのは恋人を激しく求める気持ちだったのか。みっともないほどの希求。すんなりとキレイに演奏するのは、違っているのだ。

そして気づいた。託生の耳に、サツキの伴奏が聞こえていなかったことに。カルロッタの歌に集中するあまり、歌に気持ちをすべて持っていかれてしまっていて、伴奏は鳴っているのにまったく耳に入っていなかった。

そして。

サツキは茫然としていた。

白と黒の鍵盤をじっと見詰めたまま微動だにせず、その目からはぽろぽろと涙が零《こぼ》れ落ちていた。

人の声ってすごい。

サツキがそっと打ち明ける。

「……ホントのコト言うと、すべての楽器の中でピアノが一番素晴らしいと思ってたの。バイオリンもたいしたことないって」

だから迷うことなくピアノを選んだし、迷うことなくピアノを弾き続けていたのだ。「声楽の音量の大きさに、驚いたことはあったの。カルロッタの歌を初めてそばで聴いたとき、人間ってこんなに大きな声で歌えるんだなあって。どうやって出してるのかなあって。でも感動とはちょっと違うの、音量に驚いただけだったから。さっき、カルロッタの歌に心がぎゅーってなって、音量だけじゃなくて、歌声ってこんなにすごい楽器だったんだって、私、ものすごく感動しちゃったんだ」

　人気《ひとけ》のない東ロビー、吹き抜けの高い天井とほどよく効いた冷房、椅子の座り心地はそこそこだが、気兼ねなくいられるカフェスペース。なにより、ここのコーヒースタンドのキースの淹れるコーヒーはどれもめちゃくちゃ美味しい。

　のが、なんと、音楽学部の学生にはあまり知られていないことがカルロッタによって判明した。セントラルパークへ向かうのに便利な東ロビーなのだが、これから外へ出てお茶なり買い物なりするのにわざわざここで飲み物は買わないし、大学内で活動しているときにはわざわざ東ロビーまでは（遠いので）来ないらしい。

　丸いテーブルに置いた、たっぷりの砂糖で甘くしたカプチーノの入った紙コップの二枚重ねのスリーブをそっと両手で包むように持って、サツキは、

「恥ずかしいからカルロッタには内緒ね？」

　と日本語で託生へ続ける。

「でもサツキちゃん、カルロッタさん、日本語わかるよね」

　香ばしい匂いがたちこめるスタンドで、オーダーしたコーヒーができあがるのをわくわくと

楽しげに待っているカルロッタを託生がこっそり示すと、

「この距離なら私たちの話し声はカルロッタに聞こえてるかもだけど、私が英語がわかるほどには、日本語、わかってないし。あ。葉山さんの英語よりは、わかってると思うけど」

「……ですよね」

ご丁寧にも訂正を加えたサツキ。

同じ日本育ちの日本人なのに、かなり年下のサツキより語学力の低い大学生の託生。それは否定のしようがない事実だが、たどたどしくとも託生が英語で話すときは、カルロッタはカルロッタ、サツキもサツキになり、ところが日本語での会話となるとカルロッタさん、サツキちゃん、になる。サツキも英語では託生をタクミと呼ぶが、日本語での会話だと自然と葉山さんに変わる。

この不思議さ。

自分は自分で変わらないのに、使う言語が変わっただけで（語学力の高低に関係なく）自然と呼び方まで変わるものなのだな。

しかも、長い付き合いの友人たちでもなぜか託生は滅多に〝タクミ〟とは呼ばれない。親しみを込めての〝葉山〟呼びだ。なのに、留学先で知り合ったばかりのかなり年下の少女に気軽にタクミと呼ばれ、初対面の相手にすら普通にタクミと呼ばれる。

相手にどう呼ばれるかでお互いの気持ちの距離を測るという行為は、ここではさほど意味をなさないようである。基本がファーストネームの呼び捨てだからだ。

「ここのコーヒー、ホントに美味しい。ぜんぜん知らなかったなあ」

一口飲んでサツキがふふふと肩で笑う。サツキのカプチーノはカルロッタの奢《おご》りだった。――申し訳ないことに託生のも。

「面倒見が良くて、カルロッタさんってまるでサツキちゃんの実のお姉さんみたいだね」

身内に向けるような温かな配慮。トモダチだとカルロッタは自己紹介したけれど、託生には友人というより保護者のように見えていた。

なんの気なしに託生は言い、サツキはすっと視線を落とす。

が、すぐにハッとしたように顔を上げ、

「もしかして、葉山さんって、私のことぜんぜん知らないの？」

と訊いた。

「え？　いや、ごめん、知らないよ」

知らないと、なにかまずかっただろうか。

「私のお姉ちゃんのことも？」

「お姉ちゃん？」

「いけない。――姉のことも？」

「お姉ちゃんでいいよ？」

「だって、子どもっぽいって叱られる」

「こんなふうに言われるの嫌かもしれないけど、ぼくから見たらサツキちゃん、子どもっぽいどころか、子どもだよ？」

「……でも小学生じゃないもん。卒業したもん」

「中学生は、まだ立派な子どもです」

「サツキ、大学生だよ？」

「それは言葉のあやってものだよ。サツキちゃんの年齢だと、まだ中学生でしょ」

聞けばサツキは今年で十四歳、日本だと中学校の二年生だ。——託生が十四歳の頃は、家族と精神的に隔絶した、あちこちから責められてばかりの地獄のような日々を過ごしていた。心の中に外界とを遮断する厚い壁を作り、呼吸をするにも人目を憚るような、ぎりぎりで生きていた日々。

　ぼくとは大違いの人生を歩んでいるのだな、この子は。

「そっか、葉山さん知らないんだ、お姉ちゃんのこと」

　サツキはぼんやりと繰り返す。

「お姉さんはピアノを弾かないの？」

　妹だけに才能が、というケースもままあるが、姉が始めて、妹が真似して、やがてふたりはライバルに。というのが、音楽に限らずスポーツでも習い事の定番だろう。——託生の家では違っていたけど。兄の尚人《なおと》は音楽には興味がなかった。

「うん。弾かない。……弾けない」

「へえ。じゃあ、ピアノ以外の別の楽器を？」

「もういないの」

「――え？」

託生はぽかんとサツキを見る。

「お姉ちゃん、死んじゃったんだ」

呟くようにサツキは言って、またコーヒーをこくりと飲んだ。

とんだ地雷を踏んでしまったと咄嗟に託生は後悔したが、同時に、先日のカルロッタと話したいくつかの会話の意味が、ようやく理解できた。

　サツキの姉のことを、同じ日本人でしかも音楽を志す託生は当然知っているものと、それを前提にしてカルロッタは話を進めていたのだ。

　道理で、話の筋がよくわからなかったわけだ。双方の言葉の問題ではなくて、そもそもの、基本的な情報共有ができていなかったのだから。

　――サツキ、ピアノ、ヤメル、ナイ、シタイ。

「サツキちゃん、もしかして、ピアノをやめようとしてたのかい？」

　俄《にわか》には信じがたいが、カルロッタの懸念は、それだったのではあるまいか。「ぼくの伴奏を最後にして、日本へ帰って、それきり、ピアノをやめるつもりだった、とか？」

　サツキは驚いたように目を見開き、それからカルロッタの方をちらりと見て、

「……うん」

　と、素直に頷いた。

どうして！　そんな、とてつもない才能があるのに、どうしてピアノをやめるだなんて！

喉元《のどもと》まで出かかった衝動を必死に飲み込み、

「そのこと、誰にも相談してないのかい？」

訊くと、

「英語で説明できないもん」

　サツキが答える。

「どうしてやめることにしたのか、その理由を？」

「うん。私、そこまで英語、ちゃんと喋れない」

「……そうだよね。ただ伝えるだけじゃなくて、サツキちゃんは自分の思いを、大人たちに納得してもらえるように話したいんだものね。それは日本語でも難しいや」

況《ま》してや異国の言葉で、正しく納得してもらえるように伝えるのは、相当に難しい。

「でしょ？」

　託生の同意にサツキは安堵したように頷いて、「だから、日本へ帰って、パパとママと話して、わかってもらえるまで話して、それからナパロ教授や大学にパパから伝えてもらいたいなって、考えてた」

「そうだったんだ。……でも、ピアノは嫌いじゃないよね？」

　サツキの演奏にそんな気配は微塵《みじん》もない。

「だって、私、ショパンが弾けない」

「ショパン？　サツキちゃんでも技術的に難しいってこと？　え。まさかね」

どう転んでもそれはない。

「みんながね、サツキにショパンを弾いて欲しいと思ってるの。でも、弾けない」

「いつもショパンばかりリクエストされるとか？」

「ううん。言葉にはされてないよ。でも、わかるもん。みんなサツキに、お姉ちゃんが弾いたみたいなショパンを弾いてもらいたいと思ってるんだ」

「……どういう意味だい？」

「お姉ちゃん、ショパンがすごく上手だったの。この前のショパンコンクールで、賞も獲ったの。みんながお姉ちゃんの弾くショパンが大好きで、事故でお姉ちゃんが亡くなって、そしたら私にショパンを弾いてって大人が頼んでくるようになって、弾いたんだけど、……違うの」

「お姉さんと比べられて、けなされた、とか？」

「ううん。誉めてくれたよ。でもね、違うの。みんな、私のショパンを聴いてないの。私を通して、お姉ちゃんのショパンを聴いてるの。何度か弾いてるうちに、それが、わかっちゃったの。誰も私のショパンを聴いてないって」

……あああ。そうか。

「お姉ちゃん、ピアニストとして有名になりかけていたから、事故があって、そしたらうんと有名になっちゃって。前からピアノは比べられてたの。それは当然だと思うの。でも、サツキのショパンはお姉ちゃんとはぜんぜん違うって、姉妹だけど、音はまったく違うねって言われてたのに、なのに、……なのにね」

……サツキが弾いてるのに、みんなはお姉ちゃんのショパンを求めてる。

消え入りそうな切ない告白。

そんな聴衆を前にして、――そうだね。死者と張り合うのは難しい。あのギイでさえ、亡くなった託生の兄の尚人が相手では自分が不利だと、前に託生はこぼされたことがある。

「比べられるのだって、楽しかったわけじゃないけど、でもサツキはサツキ、お姉ちゃんはお姉ちゃんだったから、優劣とか、つけられるのは、仕方ないし、でも、サツキのピアノをちゃんと聴いてもらえないのが、つらいの」

姉のショパンがどこまでもサツキに付き纏《まと》う。まったく違う演奏をしているのに、やはり姉妹だ、音が同じだ、とか言われる。

まるで姉がオリジナルで、サツキがそれのコピーのように。

違うのに。ぜんぜん。

イメージされる姉にサツキは勝てない。勝てるはずもない。相手は、その人にとって都合の良いイメージなのだから。

「私の方が先だったのに。……私の方がお姉ちゃんより、ショパンのこと、好きだったのに」

なのに大好きな作曲家を、姉が亡くなったことで奪われてしまった。

「サツキちゃん、一生、人前ではショパンを弾かないって決意してるの？」

「わかんない」

「ショパンを弾かなくてもプロのピアニストになれると思うけど、それだとダメなの？」

「……わかんない」

「ぼくは、正直に言うと、サツキちゃんがピアノをやめるのを止める資格がないんだ。ぼくもね、サツキちゃんと同じような年にバイオリンをやめたから」

「……え？」

今度はサツキが驚いて託生を見る。「やめたの？　やめちゃったの？　バイオリンを？」

「いろいろあってね。——親への反抗とか、いろいろ、あってね」

兄が亡くなったことは言わずにおいた。——事実だけれどできすぎだろう。慰めるために話を合わせていると、思われたくなかった。

「反抗？　バイオリンを嫌いになったわけじゃなくて？」

「自分を変えたかったんだ。だから、それまで持ってたものを、一度、全部、捨てたかった」

サツキは、息を呑んで、託生を見詰める。

「住む場所も変えたかったから、高校は全寮制の学校に進んで、家を出たんだ」

自分を取り巻く環境をすべて変えてしまいたかった、なにより自分自身が変わりたくて、環境が変わればどうにか自分も変われると考えたのだ。

「……それで、変われたの？」

「変われたよ。だから、またバイオリンを弾いている」

——だが変われたのは、ギイのおかげだ。

あそこでギイと出会わなければ、託生はおそらく、今もバイオリンは弾いてない。

「でもね、ほんの数年でもブランクが厳しくてずーっと四苦八苦しているし、本音を言えば、やめないでおけば良かったと今は心底後悔してるけどね」

「サツキも日本へ戻ったら、変われるかな？」

「ごめんね、それはぼくにはわからないよ」

ピアニストになるための留学は、志す者の多くが通る道だけど、もし大きく環境を変えたくて、幼いサツキが両親と離れて単身日本からアメリカに来たのだとしたら、それはとても勇気の要ることだし、大きな決断でもあると思う。なのに日本へ戻ったならば元の木阿弥《もくあみ》ではなかろうか。「だってね、ぼくが変われたのは、高校で出会った友人たちのおかげだから。自分ひとりで解決できたわけじゃないんだ。ぼくを支えてくれた友人がいて、おかげで、乗り越えることができたんだ」

「……友人」

「サツキちゃんのつらさは深く理解してあげられないけど、ぼくは、サツキちゃんは日本へ帰るべきではないと思うよ。だってここにはカルロッタさんがいる。日本には、カルロッタさんがいない」

突然自分の名前が会話に飛び出して、カルロッタがびくりとした。

ひとつ隣のテーブルで、日本語で交わされるふたりの会話を邪魔しないよう静かにコーヒーをすすり、にこにこと見守っていてくれるカルロッタ。――会話の内容に関しては、おそらく理解できていない。

カルロッタの歌に涙したサツキ。わざわざ英語での歌唱は（イタリア語で作られたカンツォーネならばイタリア語のままが最も歌い上げやすいだろう。それを敢えて英語の翻訳で歌ったカルロッタの思いは）、その歌詞に、カルロッタからサツキに伝えたい大切ななにかが含まれていたからではないかと託生は推察していた。だからこそ、彼女の歌が、サツキの心に深く強く響いたのだ。

そんなふうに心に掛けてくれる友人が、果たして、日本で、できるだろうか？　いや、できるかもしれないけれど、ただ、サツキとカルロッタの友情だって、始まったばかりではないのか？　サツキはカルロッタからの友としての深い深い思い遣《や》りを、その幼さゆえに、充分に理解できていないのではあるまいか。

託生もわかっていなかった。

ギイからの深い思いを。

無償で与えられる愛に、嬉しくてただ喜んでいたけれど、深い思いに潜んでいた彼の覚悟やつらさや痛みを、ちっともわかっていなかった。だから正しく受け止められなくて、――それすらもギイは黙って許してくれていたのだが、結局、託生の幼さゆえの甘えのせいで、中途半端な別れを迎えることになったのだ。

高校生の自分でさえ、そうだった。中学生の頃の自分は、もっとずっと子どもだった。サツキと自分を同列に語るのは間違いかもしれないが、それでも、もしあのとき、誰か、大人が、正しい指摘をしてくれたなら。必ずしもその指摘を自分が受け入れたとは限らないけれど、それでも、正しい指摘があったなら、——結果は、もう少し、ましだったかもしれない。

そこまで遡《さかのぼ》らないとしても、ほんの数年前の自分を、未だに後悔している。もっとギイのことを理解していたならと。

「さっきサツキちゃん、カルロッタさんの歌で泣いただろ？　ぼくも感動して泣いちゃったけど、サツキちゃんも、感動して泣いたの？」

人の声ってすごい。

サツキの呟き。

カルロッタの歌に心がぎゅーってなって、音量だけじゃなくて、歌声ってこんなにすごい楽器だったんだって、私、ものすごく感動しちゃったんだ。

既に告白を聞いているのに愚問かと思ったが、改めて、託生は訊いた。

「私は……」

サツキはカルロッタに視線を向けた。「……カルロッタの本気の歌を、あんなに近くで聴いたの初めてだったの。葉山さんのバイオリンも、バイオリンをあんなに近くで聴いたのも、初めて。狭い部屋だったせいもあるけど、音の大きさに驚いたし、それと、……熱？　葉山さんからもカルロッタからも、圧力？　みたいな、こう、迫ってきて、しかも私に向けて、迫ってきてて、……音楽を聴くって、その人の圧を感じることなのかなって、思って。圧におされて私が揺れるの。そんなふうに揺さぶられるの、初めてだし。それって感動ってことだよね？」

ああ、同じだ。

「そうだね。ぼくも、そう思うよ」

初日のサツキのピアノに、あの圧に、託生も感動したのだ。――サツキがそれを、託生のバイオリンに感じてくれていたとは。

「だから私も感動して泣いちゃったんだと思うけど、……なんかね、私に向けて歌ってるカルロッタがお姉ちゃんと重なってね、お姉ちゃんからサツキのこと大好きだよって、言われてるみたいでね、それでね……」

　話しながらまたしてもサツキの目からぽろぽろと涙がこぼれる。「……私も、お姉ちゃん大好きだったなあって。大好きなのに、嫌いになってたなあって。お姉ちゃんはなにも悪くないのに、お姉ちゃんが死んじゃったことも、すぐにはよくわかってなくて、それでも私だって悲しいのにピアノを弾かされて、追悼みたいになって、あちこちでたくさんショパンを弾かされてるうちに、お姉ちゃんのことばかり言われて、お姉ちゃんだけじゃなくて、ショパンも嫌いになって、親戚《しんせき》の人も、パパもママも嫌いになって、私なのに、弾いてるのはサツキなのに、なんでみんなお姉ちゃんのことばっかり誉めるんだろうって、もうぜーんぶ嫌になっちゃって。でも私、ピアノは好き。やめたくなかったから、カナダの留学をやめてここに来たの。ここはお姉ちゃんと関係ないから。だから来たけど、……やっぱり、お姉ちゃんがついてくる」

　ついてくる。

亡霊のように？　もしくは、――呪縛《じゅばく》？

「……日本へ帰っても同じかもしれないよ？」

託生にも、兄《なおと》の影は付き纏った。兄の呪縛から逃れたかった。必死にもがいて、苦しんで、苦しみ続けてもうどうにもならないと諦めかけていたときに、ギイが現れたのだ。諦めるなと、諦めたらそこで終わりだと、ギイが言った。

強くて温かな光。

ギイが託生の人生に、目映《まばゆ》いほどの光を差し込んでくれた。

「だって、ピアノをやめるなら、大学《ここ》にはいられないもん」

「サツキちゃんのピアノに、お姉さんのピアノを重ねてしまう人が多いのは、わかった。それがどんなにサツキちゃんを苦しめてるのかも、ぼくなりに、わかった。でもサツキちゃん、カルロッタさんは？　彼女もサツキちゃんのピアノにお姉さんを重ねてるのかい？」

「——わかんない」

「ナパロ教授は？　ナパロ教授も、サツキちゃんをお姉さんみたいなピアニストに育てようとしてるのかい？」

訊かれて、サツキは考える。

「……わかんない」

「ぼくはね、周りの人ではなくて、サツキちゃんこそ、お姉さんのピアノにこだわってるのかな、と感じたんだ。どんなに環境を変えても、サツキちゃんがこだわるから、引き寄せてしまうんじゃないかなって」

いない人の、存在感の強さ。

生者が亡き者と戦うのは、不可能に近い。

想像力が、亡き者を最強の者に育てるから。

「だってね、違ってたらごめんね、だけど、だってサツキちゃん、お姉さんを好きだった自分を取り戻したいんだろう？　ショパンを好きな自分に、戻りたいんだよね？」

サツキの顔がくしゃりと歪《ゆが》む。

みっともないほどの愛。

みんなが持っている、一筋縄ではいかない複雑な愛。

大好きだからこそ大嫌いになる。それは託生も過去に経験した。愛しているから、憎しみに変わる。でも、叶うなら、愛したままがいい。託生はギイのおかげで、兄への、家族への愛を取り戻せたのだ。

「……だけど、私、どうしたらいいか、わかんないもん」

あの頃の託生と同じように、サツキもひとりぼっちで戦い続けていたのだろう。そして今まさに、戦い続けているのだろう。

「ひとりじゃ無理だよ、サツキちゃん。そういうことはね、信頼できる人に話さないと。話して、力を借りないと。わかってもらえないかもしれなくても、自分に向かって差し伸べられてる手には、つかまっておくべきだよ」

必ずしも解決はしないかもしれない。けれど、ひとりぼっちで戦うのはダメだ。

「……誰に話せばいいの？　パパ？　ママ？」

「そうだね。うん。お父さんとお母さんには、ちゃんと、サツキちゃんの傷ついている気持ちを話さないとね。でもその前に、ナパロ教授とカルロッタさんに話してみたらどうかな。英語だと難しいのかもしれないけれど、でもね、英語の試験だったならきちんと話さないと減点だけれど、会話はそうじゃないものね。サツキちゃんの話をわかってあげようとして、懸命に聞いてくれるはずだから、だからきっと、伝わるよ」

サツキについて交わされた託生とカルロッタの会話のように。たどたどしい日本語とたどたどしい英語でも、どうにか理解しようとふたりで懸命に努めたおかげで、カルロッタのサツキへの深い友情を託生は知ることとなったのだ。

そう。むしろとっくに伝わっている。

誰よりもカルロッタは、サツキの力になりたいと願っている。

「あとね、これはサツキちゃんのお姉さんには内緒だけれど」

託生がこそっと声を潜めると、興味深げにサツキが顔を近づけてきた。

「……なあに？」

「多分だけど、ぼくは、お姉さんのショパンよりサツキちゃんのショパンの方が、気に入るような予感がする」

稀代の天才である井上佐智が手放しで認める天才。――もしかしたら、姉より妹の方が才能があるのかもしれない。それはそれで無情だが。

「……そうかなあ」

「いつか、——みんなと話し合った結果、それでもサツキちゃんがピアノをやめることになったとしても、いつかぼくは聴きたいよ、サツキちゃんのショパン」

「すんごく下手になっちゃってても？」

「音が外れまくりのショパンでもね」

「ええ？　それ、恥ずかしくない？」

「また弾きたくなったら、ショパンが好きな気持ちをサツキちゃんがピアノで表現したくなったら、そしたらぼくに教えて欲しいな。世界のどこにいても聴きに行くから」

　ああ、ギイ。

　——世界のどこにいても託生に会いに行くからな。

　ギイ、そうか、こういう気持ちで、ぼくに告げてくれていたのか。

「世界のどこにいてもって、葉山さん、それ大風呂敷《おおぶろしき》を広げすぎだよ」

　サツキがくすくすと笑う。

「かもしれないけど、それくらいの気持ちなんだよ、今、ぼくは」

　背中に羽が生えていたなら、何日でも飛び続けてきみに会いに行く。どんな労がかかろうとも、ぼくはきみに会いたいのだ。

　何度も、何度も、託生が耳にした言葉。

　現実には難しくとも、その都度、本気で、ギイは託生に告げていたのだ。——未来を見詰める、こんなに温かな明るい気持ちで。

「だからねサツキちゃん、先ずはカルロッタさんに、ぼくたちからお礼を言おう」

「私はともかく、どうして葉山さんが？」

「カルロッタさんのおかげで、ぼくも、サツキちゃんと話せたから。たった一ヵ月きりのパートナーだけど、ぼくはサツキちゃんと良い演奏がしたいんだ。一日二十分の練習時間だとしても、サツキちゃんの伴奏で、ぼくは良い演奏に仕上げたい。そのことをきみに、こうして伝えられて、すごく嬉しい」

昨日までは、そんなことすら話せなかった。それくらい、ふたりの距離は遠かった。

「……ごめんなさい。サツキ、葉山さんに意地悪してた」

やっぱりか。

「でも、減らさなかったよね、時間」

数度目かのレッスンで、サツキの中に渦巻いているのは怒りだと託生は気づいた。託生への怒りもあるかもしれないが、もっと根深い、複雑な怒り。

気づいたのは、似ていたからだ。

志望の全寮制高校に進んだものの、頑として人を寄せ付けない託生に周囲の友人たちが憂慮していたのも、託生が抱えた怒りに拠する拒絶であった。

「……減らすと、減っちゃうでしょ？」

サツキが言う。

「減らすと減っちゃう？」

「私っ、私も葉山さんのバイオリン、好きだよ？　練習で二十分も聴いてても、ぜんぜん平気だったもの」

「そ、れは、誉められたことに、なる、のかなあ……？」

複雑な表情の託生に、

「誉めました」

頬を伝う涙をそのままにサツキは弾けるように笑って、すっくと椅子から立ち上がると、カルロッタの前へ行き、驚くカルロッタの手を両手で取りきゅっと包むように握って、「カルロッタ、大好き！」

と、日本語で告げた。

意思の疎通はできたものの、いかんせん、サツキは伴奏向きではない。言葉は悪いが、じゃじゃ馬で暴れん坊の伴奏である。サツキの才能は、伴奏であっても容赦なくソリストを食う。奇《く》しくもその証明のような演奏であった。

「うん、でも、悪くないよ」

あっけらかんと佐智が頷く。「ああも遠慮なくバトルしあう演奏というのも新鮮で面白くて良いね。城縞くんとでは、葉山くんはこんなバイオリンは弾けないものねえ」

弾けないというか、弾く必要がないというか。

「……エネルギーの消耗が半端ないです。勘弁してもらいたいです」

練習で一回弾くごとにがっつりと持って行かれる。

動機が意地悪であれ結果的に一日二十分でありがたかった。大袈裟でなく二十分で一日分のパワーを消耗する。しかも託生は息も絶え絶えだが、サツキは憎らしいことにケロリとしているのだ。練習後、疲労困憊でぐったりとしている託生に「葉山さんてば、だらしないー」と、ケラケラ笑いながら退室するのだ。

姉のことさえなければ、サツキは天真爛漫《らんまん》な少女だったのかもしれない。そして徐々に、本来の彼女に戻りつつあるのかもしれない。だがそれもいよいよ明日で最後だ。と思うと、ようやく終わる安堵感と、もう終わってしまうのかという、矛盾した寂しい心持ちにもなるのだが。

本番前日のリハーサルを無事に済ませて、ジュリアードからの帰路につく。

かのジュリアードのホールからアパートの部屋へ徒歩で戻る自分。——これもまた、不思議な心持ちである。

しかも隣を井上佐智が歩いている。肩を並べて、マンハッタンの石畳を共に歩いている。

バイオリンを手放すと決めた絶望しか目に映っていない中学時代の自分に、今からほんの数年後に、憧れの人と、憧れのジュリアードのホールから、肩を並べて語らいながら帰る日が来るなどと教えても、絶対に信じないであろう。

それくらいこれは、あり得ない光景である。

人生には、奇跡のようなことが起きるものなのだな。——ここへ至るきっかけを、ギイが与えてくれたのだ。

ねえギイ、きみが与えてくれたチャンスを、今度こそ、ぼくは逃さなかったよ。

緑濃いセントラルパーク。ここからは樹木で視界が閉ざされて、ギイの実家のマンションは見えない。……きみは今、どこにいるのだろう。

とうとう明日が本番なのに、ケータイはやはりブラックアウトしたままだった。

「そういえば、ナパロ教授が葉山くんにとても感謝していたよ。自分の編曲を魅力的に演奏してくれるだけでなく、サツキのピンチを救ってくれた恩人だって」

「え!?　恩人って、大袈裟ですよ」

「またまた、謙遜《けんそん》しなくても」

「謙遜でなくて、恩人はぼくではないです。カルロッタさんです」

「カルロッタは、タクミとキースのコーヒーのおかげって言ってたな」

佐智が笑う。

「もしかして、それで、東ロビーで公開レッスンすることになったんですか？」

数日前に急遽開催された井上佐智の公開バイオリンレッスン。

「前々から、期間中にどうにか公開レッスンをと頼まれてたんだけど、スケジュール的に厳しいからずっと断っていたんだ。まあでもそんなこんなで、東ロビーで開催するなら、悪くないかなって」

今回のプログラムにそのような予定はなかったのだが、キースのコーヒーを飲みつつ、気楽な雰囲気で（音響設備がまったく整っていない空間なのに、それも気にせず）、急遽の開催なのにどうやって募集したのか（しかもちゃんと集まっていた）バイオリニストを目指す数人の少年少女に指導を行った井上佐智。

すべてが英語で繰り広げられたのはもちろん、伴奏用のグランドピアノも運び込まれ、伴奏者はなんとナパロ教授で、簡易ステージを取り囲むたくさんの椅子。座りきれない人々は立ち見で、なにより、いちいち佐智とナパロ教授が美味しそうにコーヒーを口にするので、キースのスタンドに並んだ列はとうとう公開レッスンが終わるまで途切れることはなかったという、大盛況ぶり。

「悪くないどころか、実に楽しかったなあ」

佐智の思い出し笑いに、

「あんなに優しい雰囲気の指導もなさるんですね、井上教授」

手厳しいレッスンしか見たことがないので、託生には意外であった。

「主催のターディフ大から、子ども向けでと頼まれてたからね」

「……子ども向け」

なるほど。だからか。

だが語り口調こそ優しかったけれど、彼らに求められた演奏レベルはまったく子ども向けではなかった。承知の彼らは、必死に食らいついてきた。

　サツキだけではない、幼い才能が下からどんどん上がってくる。今はまだ粗削りでも、あの勢いでどんどん駆け上がってくるのだろう。託生には肝の冷える思いである。

「サツキが生まれて初めて人前で伴奏を弾くというので、明日の演奏会、サツキのご両親が日本から聴きに来るそうだよ。ナパロ教授によると、電話口でご両親が、信じられない！　って何度も繰り返していたらしい。サツキに何が起きたのか、って」

　佐智は含むような眼差《まなざ》しで託生を見て、「何が起きたのかと言えば、リハーサルの葉山くんたちの演奏にボランティアの学生たちがざわついてて、それも面白かったなあ」

　と言った。

「――え。やらかしたって、ことですか？」

俄然《がぜん》不安になる託生へ、

「あんなセンセーショナルな演奏、彼らは聴いたことがなかったんだろう。僕もないけど」

「え。え。え。まずいってことですか」

「ナパロ教授が誉めてたことは伝えたよね？　魅力的な演奏だって」

「……はい」

「もしくは、刺激的な演奏、かな？」

　うちの大学の交換留学制度は始まったばかりなのに、いきなり伝説を作りそうな演奏だよ。と続けようとして、佐智は止めた。更なるナーバス状態に愛弟子を追い詰めることになりそうなので、もう少し、軽い表現にとどめておく。「世界でもトップクラスの音大生たちが密《ひそ》かにざわついたんだ、葉山くんとサツキの演奏に。新鮮だったんだなあ、きみたちの丁々発止のコラボレーションが」

壮絶なバトルのような演奏。

「ちょうちょうはっし……？」

「だから明日は遠慮なく、葉山くんの全エネルギーをサツキにぶつけるんだよ。もう後のことは考えなくていいんだから、思いっきりぶつかっていくように」

おとなしいはずの日本人がとんでもない演奏をリハーサルのステージで繰り広げた。かのサチ・イノウエが教授をしていようとも、無名の日本の音大生たちの演奏など退屈しのぎになるかならないか程度と舐《な》めていたし、事実、全体的に（下手ではないが）普通であった。そこへ最後に落とされた爆弾のような異端なる演奏。

そこまでの効果を狙って組まれたわけではないのだが、託生とサツキが、化けたのだ。

ピアノから、アメリカから離れようとしていたサツキの心の内に、指導教官であり出会ったときから何年もサツキの才能を大切に思っていたナパロ教授はとっくに気づいていた。それが説得でどうこうなる種類のものでないことも、人生経験の長い教授には察しがついていた。だからせめて、自身の最高の出来である楽曲を（ピアノ生活が最後になるかもしれない）サツキに演奏してもらいたかったのだ。伴奏を、彼女は断ると承知でも。

サツキもまた、最後の報恩のつもりでナパロ教授の曲を弾くことにした。伴奏は苦手と承知の上で。

託生と組ませたのはたまたまである。佐智がナパロ教授と親しくて、編曲された楽曲の素晴らしさを理解していたので、それを愛弟子の託生に弾かせたかったという下心はあった。だがよもや、まさか、このような展開になるとは——。

きみの口癖ではないけれど、本当に〝自慢の恋人〟だね、義一くん。

「明日の本番が楽しみだね、託生くん」

佐智が微笑む。

運命のポール・ホールで。

「演奏が終わったならば、きっと、世界が変わっているよ」

ひどいのに、凄《すご》い。

ふたりからの容赦のない圧が、観客の胸や理性をその熱さと強さで刺激しまくる。

まとまりはない。けれども圧倒的な刺激と、感動が、あった。——二度とは弾けない、二度とは聴けない、とんでもないコラボレーションであった。

限界ぎりぎりまで立ち見の入ったびっしりの観客席から、割れんばかりの拍手が託生とサッキに向けられた。

きょとんとしているのは日本からの留学生仲間たちだ。——おそらく日本ではこの演奏は受けないだろう。ここが尖《とが》ったセンスのせめぎ合うマンハッタンだからこそ、容赦なく自己主張しあう彼らの演奏がエキサイティングに受け止められたのだ。

昨日のリハーサルのあと、ボランティアスタッフの学生たちのクチコミ等で一夜にして劇的に関心を惹いた、交換留学最終日の披露コンサート。

今夜の演奏を聴いて、サツキ・アマノを伴奏者に迎えたいと望むソリストはひとりもいないであろう。こんなに恐ろしいピアニストとは組みたくない。だが、突き抜けたサツキの演奏に聴衆は心を奪われまくった。

そして葉山託生。独特な感性の、独特なバイオリン。技術云々以前に、心を刺す音を奏でるバイオリニストであった。

鳴り止まない拍手。

舞台袖に引っ込んでも拍手は止まず、託生とサツキは再びステージへ。

深々と一礼して、そうして、舞台袖に戻る。

満面の笑みの見知らぬスタッフたちからのハグの嵐。それが収まると改めてサツキと、やったね！　のハイタッチを交わした託生。

興奮と疲労で息も鼓動も上がり気味で、頰が紅潮したまま託生はスタッフへ挨拶しつつ、バイオリンを胸に抱えるようにして薄暗い舞台袖を楽屋へ向かう。その途中、足元もろくに見えない薄暗い舞台袖に、そこだけスポットライトが当たっているような眩しく光り輝く人物を見かけた。

託生は、――ひゅっと息を呑む。

目も足も心の全部が一瞬にして人影へ釘付《くぎづ》けになった。

「やあ、託生」

光のような人が微笑む。「すごいな、託生。オレ、感動で鳥肌が立ちまくりだよ」

ギイが手の甲をひょいと託生へと見せる。

コンサートの開始前、全席が埋まった招待客のスペースにギイの姿はなかった。それは、舞台袖の陰からこっそり客席をチェックしたときに確認済みだった。

勝手に招待券を送ったのだ。一方的に。来てくれる約束を取りつけていたわけでもない。だから、ギイがいない現実を、そのとき託生は、くっと、腹で受け止めた。

想定内ではあったのに、残念なんて言葉では言い表せない失望感。

けれど、ギイがいようといまいと、託生は全力で演奏をする。ずっと前に心に誓ったのだ、きみに恥じない演奏をすると。きみに恥じない、生き方をすると。

「大きな花束は嫌なんだろ？　だから厳選の一本にした」

そんなことまで覚えてくれてたんだ、ギイ……！

「この青薔薇《あおばら》はな、きせ――」

言いかけたギイに駆け寄り、バイオリンと弓を持ったままギイの首元へぎゅっと腕を回す。

懐かしいギイの匂いがした。——複雑なブレンドの優しい花の香りのコロン。

「……託生？」

花の説明など、どうでも良かった。

「会いたかったよギイ。来てくれて、ありがとう」

託生には、抱き締めているこの人が、どんな花より美しいのだ。

【現在】—— present day

このところ、崎義一は優雅な朝を迎えていた。ＢＧＭがバイオリンの生の演奏なのである。しかも、恋人が弾いている。

リビング兼（暫定）練習部屋から壁越しに聞こえるバイオリンの音。

「……すっげー贅沢《ぜいたく》な目覚め」

寝ぼけた頭になんとも心地《ここち》好《よ》い響き。

託生のバイオリンが巧いか下手かの判定はさておき（もちろん下手ではないのだがそういうレベルの話ではなく）、崎義一ことギイは、託生の弾くバイオリンが大好きである。

まあ、託生のすることはたいてい大好きだ。託生の作る（どう頑張ってもなぜか不恰好になる）目玉焼きも大好きだし、託生が丹念に（さすが元静岡《しずおか》の民、ひとり暮らしを始めてからずっと愛用している急須《きゅうす》で）淹れてくれる日本茶も大好きだ。

運転するクルマの助手席で託生が寛《くつろ》いでくれたら楽しいし、ギイのキスに恥じらいがちにこたえてくれたならそれはもう——。

おっと、脱線した。

ということで、今朝もギイの目覚めは最高であった。

「ふむ。こんなに素晴らしい目覚めのお礼になにを贈るべきだろうか」

自分の部屋のベッドに横たわりつつ、しばし沈思黙考する。——ギイも託生もそれぞれに自分の部屋を持っていた。ギイは一階、託生は二階に。共同スペースはたくさんあるので、プライベートな部屋も持つことにしたのだった。大学勤めで比較的規則正しいライフスタイルの託生に対し、ギイはかなり不規則な生活をしている。昨夜のように真夜中過ぎに帰宅したとき、熟睡している託生の眠りを妨げるようなことはしたくなかったし、託生の睡眠を気にして行動が制限されるのも避けたかった。要するに、ふたりの生活をストレス少なく長続きさせるために寝室は別々にすることと、ふたりで話し合って決めたのだ。

部屋が別々だからこそ託生のことを好きなだけ、あれこれと考えられる。

ひとつ屋根の下なので、お互い別々のことをしていても同じ場所にいる楽しさがある。

「……同居して、ホント良かったなあ」

かれこれ十年。ここまで漕《こ》ぎ着けるのには、最大の難関が託生本人だったりもしてそこそこ大変だったのだが、おかげですっかり報われている。「しあわせだなあ、オレ」

自分の人生に欠けていたのは、この、穏やかなしあわせ感だ。

誰からも羨《うらや》まれるような、若くして認められ成功し相当な財を成した（しかも性質上なにもせずとも現在も増え続けている）日々は、それはそれで楽しくも充実した日々であったが、ある日突然、唐突に、自分の内側がぽっかりとからっぽになってしまった。

充実からの虚無。

自分の心になにが起きたのかすら、わからない不安。

それまでくるくると快活に吹きまわっていた風がぴたりと止んだ。一見、平和にも映る凪《なぎ》。

だがそれは、そこからどこにも行けないことと同義である。

燃え尽き症候群かと疑ったが、そんなときでも託生を思うと、ぽうっと情熱に火が灯《とも》った。

優しい炎が。

——ああ、今、自分を動かすのは、託生だけか。

と気づいた。

それはそれでしあわせだな、とも、思った。

燃え尽き症候群であれなんであれ人生の次のステージに進んだのではなく、おそらくこれは一過性だ。時機が来たならまた自分は自由に世界中を飛び回る生活をしたくなるだろう。だが今は、なににも心が動かない。託生を通して見る世界以外には。

そんな不可解な自分の現実を周囲が受け入れてくれたからこその、この生活。人生の先輩からお叱りもちらほらと届くのだが、総じて目こぼししてくれている。

ありがたいことである。

基本があまり早起きではない託生が、最近は朝から活動を始めている。基本が早起きのギイは、珍しく本日はこの時間でもベッドにいた。昨夜の帰りがとても遅かったので、充分な睡眠時間を確保したならば自然と目覚めはこの時間となったのだ。

ふたりが暮らす都内近郊の庭付き一軒家。ギイが誘って、ここでの生活が始まった。

「この十年、誘っても誘っても、ずーっと断られてばっかりだったもんなあ……！」

ようやくだ。

だが、諦めずに誘い続けたおかげで叶った。

最寄り駅にもほど近い、小高い丘の新興住宅地。区画整理された似たような印象の、庭付き駐車場付きだがこぢんまりとした二階建ての一軒家が整然と建ち並ぶ、そのうちの一軒。二十九歳にして莫大《ばくだい》な個人資産を持つ崎義一が住むにしてはあまりに庶民的な物件である。だが世間的には好条件だ。にもかかわらず、庭付きも一軒家であることも都内近郊だとしても、託生にはたいして魅力的に映らなかった。良くも悪くも贅沢を好まない託生。かろうじて彼の心に刺さったのは、託生の現在の勤務地である桜ノ宮坂音楽大学の徒歩圏内、しかもそれまでの住まいから半分の距離、という一点である。

最終的にはギイにほだされ、勤務地により近いという点を（前向きな）言い訳にして、長年の恋人である自分とようやくふたり暮らしを始める決意をしてくれた託生に、ギイはこれまた感謝しかなかった。

おまけに、最近は毎朝奏でられている託生のバイオリン。――ギイのために弾いているわけではないのだが、それについてはどうでもいい。現役を離れて早幾とせ、リハビリ中だし下手クソだからじっくり聴かないでくれと頼まれるのだが、はいはいとふたつ返事で流している。演奏が上手だから託生のバイオリンが好きというわけではない。お気に入りの声があるように、ギイは託生のバイオリンの音が好きなのである。なので現役時代に於いても託生のバイオリンの上達にはさほど貢献していない。どんな演奏でも素晴らしく聴こえてしまうからだ。

惚れた欲目、みたいなものか？

わからないが、好きな子の手料理は（たとえそれがコンビニの出来合いを皿に移しただけであっても）美味しく感じられてしまうのと、似たようなことかもしれない。

「贈り物、贈り物……、なにがいいかな」

高価な物は絶対に受け取ってもらえない。託生は無意識に我が身の丈を気にするのだ。身の丈に合わないと本人が感じた途端に、ひゅっと臆《おく》して引っ込んでしまう。「んー、一泊二日箱《はこ》根《ね》温泉の旅、とか？　今度こそ箱根でゆったりするコースはどうだろう」

そうだ、それだ。しかも前回のリベンジになるではないか。男子高校生ふたりの温泉旅館滞在でなぜかやたらと周囲の興味や関心を引き、まったくのんびりできずに宿泊予定を早めに切り上げた、あのときの。

箱根ならばここからは日帰り可能な近場だし、なにごとにつけ遠慮がちな託生にとっても重荷にならない程度の良い案だ。が、最近の託生が早起きである理由を考慮すると、申し訳なげに断られそうである。

バイオリンを練習する、まとまった時間が欲しい。

現時点での託生の一番の希望は、おそらくそれだ。

「もしかして、練習の邪魔をしないのが最も喜ばれる、……のか？」

不本意ながらも正解と思われるが、ギイにとっては実につまらない結論に辿りつき、ちいさく「あーあ」とぼやくと再びベッドに潜った。

仕方あるまい。今回は自分が我慢をする番だ。

「おやすみ託生。思う存分、好きなだけ弾くといいよ」

二度寝はしない主義なのだが、託生のためなら二度寝くらい。

だがしかし。

「…………うーわっ！　無理」

一度目が覚めると寝られない。体中がもぞもぞし始めてどうにもじっとしていられない。だから二度寝はしないのだ。できないから。

ギイはガバリとベッドで起き上がり、ふわふわのぼさぼさ頭を指先でくしゃくしゃっとしながらそれでもしばらく躊躇《ちゅうちょ》したが、

「……無理だ。済まない託生」

呟いて、軽やかな仕草でトンと床へ降り立った。


「ふぅぅぅ。地味にしんどい……」

だが弱音を吐いている場合ではない。

若き日の（ぎりぎり二十代なのでまだ充分に若いのだが）ニューヨークへの特別待遇交換留

学生を目指して死に物狂いで練習を重ねていた大学入学したての日々に比べたら、このしんどさなど〝し〟の字にも当たらない。

託生の現在の勤務地で、母校でもある私立桜ノ宮坂音楽大学。ここ十数年で国内でもトップクラスの音楽大学にみるみる急成長した、他の長い歴史ある音大に比べるとほぼほぼ新設校である。もちろん施設のどこにもまだ傷みなどなく、つい最近できたばかりの大学と誤解されることもままあった。

卒業しておおよそ七年。まがりなりにもバイオリンに関わる仕事をしているので弾くことからめっきり縁遠くなっているわけではないのだが、プロの演奏家を目指すなり国際コンクールを目指すなりしていなければ練習量は激減する。それは託生だけでなく、多くの音大卒業生がそうであろう。

この度、故あって久しぶりに本気でバイオリンを弾くことになったのだが、改めて自分の衰えっぷりに情けなくなった。とはいえ重ねて言うが、弱音を吐いている場合ではないのだ。

頑張れ自分《たくみ》！　我と我が身を叱咤《しった》激励しつつ、パラディス作曲の『シチリアーノ』を限界まで、ゆっくりと、ゆったりと、一本のまとまった糸のように音を震わさずに弾く。

楽曲を仕上げる練習ではなく、飽くまで練習曲としての演奏。

言葉にすれば簡単な、音を震わさずに弾く、なのだが、ビブラートのあるなしではなく、まっすぐな音を強弱のムラや高低のムラなく一定に奏でることの困難さ。そこに右手首の固さや返しやら、肱とか肩とか立っている間の股関節とか、とにかく、どこもかしこも現役時代からの衰えまくりを自覚しまくりであった。

旋律が静かでゆるやかであればあるほど、気力と体力がざくざくと削られてゆく。集中力と耐久力もだ。

そうして、弓や腕の動きだけでなく、呼吸も同時に整えてゆく。

「つまり、効果的な基礎練習をしたいということだね？」

先週のことである。大学時代の恩師で現在の雇用主である井上教授こと世界的天才バイオリニスト井上佐智に事情を説明し、アドバイスを求めたとき、「ならば葉山くんにはパラディスの『シチリアーノ』をお薦めするよ。在学時に、きみはあの曲がたいそう苦手だったからね、リハビリには最適だよ」

それも前述のやり方で、一日に最低一時間は弾くこと。——厳しい。

井上佐智に多少のＳっ気があるのは託生も承知しているが（幼なじみであり、悪友？　でもあるギイへの態度は、まったく容赦がない）、リハビリにパラディスとか聞いたこともなかった託生には容易に受け入れにくく、

「……あの、冗談ではなく？」

訝《いぶか》しげに訊き返すと、

「冗談かどうかは、自分で弾いて確かめてごらん」

と、笑った。

冗談ではないのだ。

「わかりました。やってみます」

そう、冗談ではないし、託生にはとてつもなく効果があった。弾けない部分が、できない原因が、自分でちゃんと把握できる。ありがたい。しかも元々上手に弾けなかったので、未だに下手でもたいして落ち込まなかった。――ありがたい。

演奏のみならず教えることまで天才って、

「井上佐智って、本当に人間なのだろうか」

外見が大袈裟な表現でなく天使のようなので、実は本物の天使ですとバラされても、おそらく託生は驚かない。むしろ納得するだろう。

名演奏家が名教師である確率は（託生の体感値では）かなり低いのだが、稀《まれ》にとんでもない人が存在する。井上教授はもちろん、ピアノ科の教授で世界的ピアニストの京古野耀《あきら》も演奏も指導も素晴らしかった。

託生は高校時代に、ピアノの伴奏者としてまたバイオリンの指導者としても（とてつもなく贅沢なことなのだが）京古野教授のお世話になり、大学時代には、教授の愛弟子で常に試験で学年一位を獲得していたピアノ科の城縞恭尋を伴奏者として組ませてもらい、卒業後も教授には折につけ気に掛けてもらっているのだが、――こうして必死にバイオリンを練習しているのも、その京古野教授が城縞に、サマーキャンプで葉山くんにバイオリンを弾いてもらってはどうかと勧めたと知ったのが一因である。

散々お世話になった城縞や京古野教授の頼みとあれば、軽々に断れない。今や新進気鋭で若手日本人ピアニストの旗手とも呼ばれる城縞が、ソロの演奏でなく伴奏者として舞台に立つなど、そのバイオリンを自分が弾くなど身の程知らず過ぎて、断れるものなら断りたかった。

城縞の頼みでなければ、断りたかった。

未だに、引き受けてしまって本当に良かったのか、とんでもないことを引き受けてしまったのではないかと、体が震えた。

怖い。

たかが、サマーキャンプに参加する音楽家を志す十数名の高校生や中学生の前で一曲演奏するだけなのに、既に緊張で胃が縮む思いだった。

この怖さはよく知っている。大学生の現役だった頃には常に付き纏っていた怖さ。練習を重ね、成果をあげる以外には、克服できない。

卒業して現役を離れる。それはもちろん寂しいことだが、同時に、あの怖さをもう味わわずに済む、密かな安堵もあったのだ。

本番までまだかなり期間がある。それがせめてもの救いだ。しかし、大学生ではない仕事を持つ社会人の自分では、想定しているほどの練習時間は確保できないかもしれないので、弾けるときには弾けるだけ弾く。

この追い詰められたような緊迫感も、現役時代以来だ。

目の端にギイが映る。

託生が気づいたことに気づいたギイが、自分にはかまわず練習を続けてと無言のジェスチャーで示して、静かにリビングダイニングの一角にあるキッチンへ向かう。

同居を始めるに当たってふたりで決めたルールがある。どんなにひどいケンカをしても、挨拶とハグは必ずすること。ハグではなくそこはキスだろと言い張ったギイに対して、高過ぎるハードルは守れそうにないから嫌だと返した託生。キスったって、額や頬のキスだってキスじゃないか、それならハードル高くないだろうと戻すと、ギイにとってはそうかもしれないが、日本人の自分には高いハードルだと冷静に却下されてしまった。

挨拶で〝言葉〟を交わし、ハグで互いの〝体温〟を感じる。それを日々欠かさずに、どんなにふたりの関係が悪化しても必ず守る。――悪化させる気は毛頭ないが。

だが臨機応変も大事である。なのでギイは静かにキッチンへ移動する。練習が終わってからでも「言葉《おはよう》」の挨拶は交わせるし、ハグだって余裕でできるのだから。

託生は着替えを済ませていたものの、キッチンに使われた形跡がなかった。時計で時間を確認すると、いつもよりも早い。このところ大学へ出勤前に練習をしている託生だが、それにしても今朝は早い。しかも朝食も食べていない。

――おや？

「託生。おはよう。もしかして、どこか出掛けるのか？」

練習の邪魔はしたくないが、これが訊かずにおられるか。

託生はバイオリンから弓を外すと、

「お、おはよう。えっと、急に、下見に行くことになって」

　と、やや言いにくそうに答えた。

「下見？　なんの？」

「あー、……サマーキャンプ？」

「佐智のか。はいはい」

　自分が佐智と絡むのは大歓迎なのに、託生と佐智が絡むのは気に入らないギイ。案の定の、低い声。

「なんで黙ってたのかとか言わないでよギイ。すぐにギイが不機嫌になるから、そうやって、すぐに」

　託生がオレより佐智を優先するのが気に入らないと文句をつける。

「はいはい。——で？　どうやって行くんだ？」

「あー……、クルマ？」

「誰の」

「えーっと、……大学の同僚が家までクルマで迎えに来てくれることになってて」

「何時に」

「あと一時間くらいで」

「それでいつもより早くからバイオリンの練習してたのか。飯も食わずに」

「この時間を逃すと今日は練習できそうにないから、今のうちにと思って」

「朝食抜きとか不健康だぞ」

「でも、作ってる時間が惜しいから。途中でコンビニに寄ればいいかなって。クルマだし、ぼくは乗ってるだけだし、移動中に食べればいいかなって」

「オレがぱぱっと作ってやる。だからオレのを食べるように」

「……いいの？」

「いいよ」

「ありがとう、ギイ」

「そのかわりオレも行く。同乗させろ」

「――はい？」

「行き先、九鬼《くき》島《じま》だろ？　京古野さんの島」

「え⁉　なんで知ってるのさ、ギイ」

託生は驚く。

今回のサマーキャンプで当初予定していた施設が諸事情により急遽使えなくなり、代替施設を必死に探していたところ、京古野教授が自宅でもある東伊豆《ひがしいず》の孤島、九鬼島を提供してくれることになったのだ。広い島内のあちらこちらを順次メンテナンスしている関係で定期的に工事が行われているのだが、今年のサマーキャンプと日程が重なっている期間は工事をずらし、調整をしていただいてのご厚意。

逆に、工事の予定が入っていたので、サマーキャンプに島を提供できたという。九鬼島の来客は一年を通じて非常に多い。屋敷がホテルのような石造りの大邸宅なので、ひと夏をのんびりと九鬼島で過ごす来賓までいるのだ。またそれが可能な環境でもある。来客にも来賓にも迷惑をかけるわけにはいかないが、工事の日程をずらすのは不可能ではない。

それがつい数日前の話である。

「情報のアップデートはマメにしておかないとな」

ギイはニヤリと笑って、「行き先が九鬼島なら、オレが一緒だとなにかと便利だぞ」

——崎義一。相変わらず、侮れない男である。

「それはそうだけど……」

むしろ、九鬼島に行くのにギイの同伴を頼まないのは失策だろうというレベルで、九鬼島を隅々まで熟知しているギイの存在は頼もしい限りなのだが、「だって、言い出しにくいじゃないか……」

佐智主催のサマーキャンプよりオレとの夏休みを優先しろと、ごねたのはギイだ。

サマーキャンプの予定の方が先に入っていたし、これは自分の仕事の一環でもあると、ギイの誘いを突っぱねたのは託生である。

「オレがいると、便利だぞ」

ギイが繰り返す。なんと説得力のあるお言葉。

「……うん。ですよね」

「じゃ、決まりな」

ギイはからりと笑って、「ほら、いつまでもぼーっとしてないで練習の続きしろよ。時間ないんだろ」

と、キッチンから託生を急《せ》かした。

ギイが九鬼島の下見に同伴してくれる。頼もしいだけでなく、正直、嬉しくないと言ったら嘘になる。だって、まるでデートじゃないか。

頬が弛《ゆる》みそうになるのをきゅっと戻して、託生はバイオリンを構え直した。

『おはようございます。急ですみません。同行者がひとり増えます。大丈夫ですか？　難しいようであれば電車で向かうことにします』

というメールを確認したのが、迎えに行った家の前に到着してからであった。スマホにメールが着信していたのは気づいていたが、運転中に確認するのは憚られたのだ。――長めの赤信号で止まったならばちらっと見られたかもしれないが。

五人乗りの乗用車で、運転する自分以外に乗せるのは葉山のみ。ひとり増えてもどうってことないし、それをメールで返すより、本人に直接伝えればよい。

もう着いてしまったし。

「……ここだよな、山下《やました》さん」

門柱の表札に『山下』の文字。「よし、ここだ。にしてもマジで大学に近いな。しかも真新しい閑静な住宅街ときた」

家の前には三台ほど止められる駐車場があるが、家を訪ねるのではなくピックアップするだけなので、道の端へ寄せて止める。

財前邦彦《ざいぜんくにひこ》はアイドリングのままクルマを降りると、インターホンを押した。

音大の同期で現在は同僚と呼べなくもない葉山託生が、長年住んでいたアパートを引き払い一軒家に下宿することになったと聞いたとき、それはシェアハウスってことだな？　と訊き返すと、シェアはしてないから下宿かもしくは間借りだと答えた。

山下さん。大学の同級生で葉山と親しくしていた中に山下さんは思い当たらず、大学の関係者にも思い当たらず、いったいどこの山下さんとあの一見とっつきにくそうな葉山託生が暮らすことになったのだろうか。

と、密かな興味が湧いた。なので、家まで迎えに行くと提案したのだ。タイミングが合えば山下さんに挨拶できるかもしれない。

いまどき一軒家で、シェアハウスでなく下宿や間借りを受け入れる人がいるのだろうか。それもこの、新婚の夫婦ばかりが住んでいそうな新しい雰囲気の住宅地に住む人で。

「あ。女か！　ああ、失念してた。葉山に女っ気がぜんぜんないから失念してた。パトロネス山下かもしれないものな」

音楽家とパトロンは意外な組み合わせではない。現代だとスポンサーか。言葉はどうあれ、公私のサポートは不安定な職業である音楽関係者には大変にありがたい。

もしかしたら、うまいことやったのかもしれないな、葉山のやつ。

「……羨ましいぞ」

ぼそりと呟いたときに勢いよく玄関のドアが開き、

「おはよう財前！　メール見てくれた？」

急いだ様子の葉山託生が顔を覗かせた。

「おはよう。見たよ。ひとり増えても問題ない」

「ありがとう。待たせてごめん、すぐ出られるから」

「焦んなくていいぞ、電車じゃないから」

「ごめん。ありがとう」

言うとすぐに引っ込んでドアも閉まった。

「……ひとり増えたのって、あれだよな、当然、サマーキャンプの関係者だよな」

財前の顔がパッと輝く。「チャンスじゃないか？　その人にも売り込もう。俺も関係者にまぜてもらいたいもんな」

憧れの、井上教授主催の十代向けのサマーキャンプ。大学生で教授に師事していたときには手伝いで参加したこともあったのだが、――葉山は毎年参加してたっけな。だが自分には、貴重な夏休みを他人のしかも未来のライバルの手伝いのために消費されることがなんとも惜しく感じられ、一回だけ、ちょろっと顔を出す程度で終わっていた。

なんて勿体ない。そう、もっとちゃんと手伝っておけば良かったのだ。自分へではなく関係ない他人への指導をただ見ているだけなんて、とんでもなく時間の無駄だと思っていた若かりし日の自分を、卒業し独り立ちしてからは月日が経つほど後悔していた。

　卒業したならば井上教授のレッスンが受けられなくなるだけでなく、レッスンの光景も見られなくなるのだ。あの、刺激を受けまくりのレッスンが。

　昨日、講師室で他の講師と雑談していたときに、急遽サマーキャンプの会場の下見に葉山が行くことになったと聞き、その足で井上教授室へ向かい、明日なら時間あいてるし、クルマ出せるし、良かったら付き合おうか？　とさりげなく葉山へ持ちかけた。

　京古野教授の自宅である九鬼島にも興味があった。噂によると天然温泉まで出てリゾート地として有料で運営しても良さそうなくらいに施設が充実しているらしい。なにより、トンボロ現象の起きる島なのである。干潮時には伊豆半島から歩いて渡れる海底の道が出現する。

「その九鬼島に葉山は高校生のときに行ってて、しかも京古野教授の伴奏でバイオリンを弾いたんだよな。――なんだかなあ」

　そういうこと、もっと周囲に吹聴して自分のステイタスを上げればいいのに。世間からのイメージを上げるのは大事だろう、しかもガセでなく事実なんだし。

　まあ、そういう葉山だから卒業後もこうして気楽に付き合っていられるのだが。

「がつがつしてないもんなあ、あいつ」

　バイオリンの練習に関しては、特にニューヨークへの特待交換留学生の翌年の合格を目指していた一年生の頃の葉山の、その一年間の練習っぷりは、がつがつどころか鬼のようであったのだが、留学から戻ったらするりと普通になっていて、鬼レベルではなくなったものの、その後も一所懸命さに変わりはなかった。

ライバルだったかと訊かれると、まあ、門下生としてどちらが井上教授に可愛がられるかという点ではライバルだったと思うが、というか財前が勝手にライバル視していたのだが、バイオリンに関しては葉山の音が、葉山が好んで出す音に個性があり過ぎて受けがあまり良くなかったので、正直、ライバルという感じではなかった。

特待交換留学ではプログラムとして最終日に演奏会を行うのだが、帰国してからニューヨーク組に感想を聞いたならば、葉山からは、とにかく留学はしんどかったとだけ。他のメンバーからは、ここだけの話、葉山の演奏がひどかった、と。伴奏のピアニストも、凄《すさ》まじく指は動くがその音は下品でガサツで。葉山はニューヨークでめちゃくちゃやって、それで耳目を惹いたけれども、あれでは悪目立ちだ、と。

実際の演奏を財前は聴いていないので、揃って眉根《まゆね》を寄せた他のメンバーたちの表情から判断して、残念ながら葉山は失敗したのだと受け止めていた。

個性的な葉山託生。

実技の成績は常に財前の方が上であった。

それでもなぜか、勝っている気分に浸れたことは一度もなかった。

おまけに、今年のサマーキャンプで、久々に城縞の伴奏でバイオリンの演奏をするという。

あの城縞恭尋が、この期に及んで、伴奏を、葉山の！

「まあな、卒業しても城縞とは強引にでも縁は繋げておくべきだとか、上から目線で意見したのは俺だけどさ、あれか？　ヒョウタンからコマ？　ウワサをすればカゲ的な？　コトダマ的な？　どっちにしろ、なんだよそれ」

　がつがつしてないのに、葉山。

　なのに、巡ってくるんだな、あいつには。

「……そういうとこ、昔から勝てないんだよ、俺は」

　ぼそりとこぼし、財前は熱を帯びたクルマのボンネットをタンと叩《たた》いた。

「財前邦彦？」

　玄関で靴を履きながら、ギイが繰り返す。

「ギイ、会ったことなかったっけ？　大学で四年間、同じ井上教授の門下生だったんだ」

「どうかなあ？」

「演奏会で、同じステージで弾いたこともあったんだけど」

「どの演奏会？」

「……ごめん。忘れた」

　音大時代は（バイトも含め）ちいさな演奏会がとても多くて、忘れたというか、記憶がごっちゃになっている。「でも卒業演奏会は間違いなく、一緒に出てた」

「卒演かあ、全員のを聴いてはないしなあ……」

「けっこうイケメン。背も高いし」

「……ふむ？」

「記憶力抜群のギイに覚えがないとしたら、やっぱり初対面かなあ」

「なにかしらの打ち上げ会場《パーティー》でたまたま同じ空間にいたことはあったかもしれないが、どのみち託生から紹介されたことはないな」

「してないか。——んー、ギイのこと、どう紹介すればいいのかな？」

　ただそこにいるだけで人々の興味や関心を強く惹くギイ。好奇心旺盛《おうせい》な財前に、どう紹介したならば好奇心を助長せずにおけるだろうか。

「高校の同級生」

　ギイが即答する。

「え？　なに？」

「オレのバックグラウンドとかオレと託生の関係とかを、迂闊に根掘り葉掘り訊かれたくないんだろ？　だったら託生、オレたちはれっきとした高校の同級生だし、オレは佐智の幼なじみだし、そのあたりをさらっと説明しておけばいいさ」

「ああ、高校の同級生！」

　その説明はシンプルでとても良い。高校で同級生だったことを忘れていたわけではないが、そこから先の歩みの方が、今となっては印象的で、うっかりしていた。

　大学進学や就職を機に、高校からの友人と部屋のシェアを始めたという話は聞く。さすがに三十手前でのケースはレアかもしれないが、まだ二十代だし。若いし。

「おまけにギイ、京古野教授とも親しいし、九鬼島にも詳しいし、——あ、ガイド！」

「はい？」

「アテンド？　ん？　コンパニオン？　じゃなくて、ツアーコンダクター？」

「もしかして、コーディネーターか？」

「それだ！　うん、ギイ、スペシャルなコーディネーターみたいだよね」

「なるほど。じゃあ勝手にコーディネーターに就任しようかな」

「だったら、まとめると、ギイはぼくの高校の同級生で井上教授の幼なじみで、本日のスペシャルコーディネーターだ」

「承りました。では愛する託生のために、スペシャルコーディネーターの肩書に負けない働きをいたしましょう」

軽くおどけて、ギイは託生の頬へキスを弾ませる。

愛する託生と恥ずかしげもなく言われ、くすぐったげに微笑んで、

「ありがとうギイ。よろしくお願いします」

託生も、ギイの頬へそっとキスを返した。

昨夜は帰宅が遅くなり睡眠不足だそうで、クルマが走りだしてすぐに寝落ちしたイケメン。

顔の一部がサングラスで隠れているが、半端ないイケメンオーラがだだ漏れであった。しかも手足がやけに長く、やけに色白。金色に近い栗色の髪、隠し切れない彫りの深めな造形からして、日本人とは限らない。――日本語は完璧だったが。

「もしかして、海外でモデルをやってるとか？」

財前がこっそりと訊く。

助手席の託生は、後ろの座席でひとり伸び伸びと、アイマスクならぬサングラスをかけたまま熟睡しているギイを横目でちらりと振り返ってから、

「モデルはやってないと思う」

と、小声で答えた。

なんとなくふたりとも、せっかく気持ち良さそうに熟睡しているので話し声で起こしたら悪いかな、と気遣っていた。

「何度も確認して悪いけどさ、葉山、崎さんてさ、本日のスペシャルコーディネーターってのはともかくとして、サマーキャンプとは関係ない人？　関係者では、ない？」

「直接の関係者では、ない。九鬼島には滅法詳しいけどね」

京古野教授に伴奏をしていただくと同時に演奏の指導もしていただいた高三の夏、託生と一緒に九鬼島を訪れていたのがギイである。

九鬼島は、現在は京古野教授の個人資産で自宅があるが、ギイは（井上教授もだが）所有者が京古野教授に移る前から何度か島を訪れていたのだ。以前の持ち主の時代に。

「……あのさあ財前、今回の下見にクルマを出してもらってありがたいけど、なし崩しにサマーキャンプの関係者になろうと、もし、企《たくら》んでるなら、こんなまわりくどいことしなくても、直接、井上教授に頼めばいいだろ？」

音大時代にずっと伴奏をしてもらっていた、今やプロのピアニストである城縞恭尋から、サマーキャンプでピアノの伴奏をやりたいので葉山くんバイオリンを弾いてくれないかと持ちかけられ、そして頼まれた曲が、高校時代に頑張って練習し、どうにか人前で演奏できるレベルにまで京古野教授たちから指導をいただいた、カミーユ・サン＝サーンスの『序奏とロンド・カプリチオーソ』であった。

バリバリ現役のソリストから、伴奏をやりたいので協力を、という依頼は、異例というか、本来あり得ないことなのだが、……それくらい、城縞が今、なにかに行き詰まっていて、それを打破したくて、必死に検討した末のひとつの試みなのだろうなと感じ、託生は引き受けることにしたのだがいかんせん、遊びとしてでももう何年も弾いていない。しかもあれは、けっこうな難曲である。

いざ引き受けたはいいが、どうしたものかと思案していたならば。

たまたま、講師室で暇を持て余していた財前がいつものように井上教授室の美味しい（個包装の）ドリップコーヒーをねだりに現れたので、コーヒーをあげる代わりに手本に弾いてもらえないかと託生が持ちかけると、『序奏とロンド・カプリチオーソ』の対価にコーヒー一袋とか安すぎる、ならば俺を下見に同行させろと、逆交渉されてしまったのであった。

「だってさ葉山、井上教授に頼むにしたって、援護射撃が必要だろ？」

「財前ならボランティアスタッフではなく、演奏者として参加できるんじゃないか？」

「演奏者？　葉山が出る枠のことか？」

「ぼくは基本的にはスタッフだけど、城縞くんは演奏者の枠だよ」

「でももう出演者は決定してるんだろ？」

「演奏料は出ないけど、演奏者もボランティアだからさ、それでも良ければ打診してみるといいよ。キャンプは十日間の開催予定なんだけど、ほぼ毎晩、演奏会が用意されているんだ。もちろん、キャンプの受講生も希望すれば演奏会に出られるし」

「すごいな、文字通り、朝から晩まで音楽漬けだな」

「スケジュールが合えば顔を出しますって連絡をくれた演奏家の人もチラホラいるし、いざとなったら財前も飛び入りで演奏するといいよ」

「おいおい、どんだけ演奏家が集まるんだ？」

「基本的にウエルカムだから、井上教授たちのサマーキャンプは」

　受講生に関しては、未成年なので保護者の許可も必要だし、レッスンをどう組むかも前以て計画を立てるので、さすがに飛び入り参加ウエルカムというわけにはいかないが、「去年も、子どもたちの数より演奏家の数の方が多い日があったりしてね、あっちこっちで音楽談義に花が咲いて、賑やかだったよ。第一線で活躍しているプロの演奏家と膝《ひざ》を突き合わせて話ができる機会なんて、そうそうないし」

「……落ち込まないか、葉山？」

「なにが？」

「毎年さ、錚々《そうそう》たる顔触れの中でボランティアスタッフしてて」

「在学時からやってたし、むしろ卒業したての数年間は、ボランティアスタッフをやってたおかげで、自分を保ててた部分もあったし」

　音大を卒業して、した途端に、音楽を続ける理由を失う者もいる。

　未来を誰も保証してはくれない。プロの演奏家への道は、容易ではないし、用意もされていないのだ。

　開いていたはずの扉が閉まってしまうこともある。卒業生全員がプロの演奏家になれるわけではないし、人生をどう進むかを、その方法を、もしくはどの道が正しいのかを、誰も教えてなどくれないし、少なくとも託生は茫然とした日々を過ごしていた。

「葉山って、就職活動したんだっけか？」

「うん、したよ」

　バイオリンを弾きつつ、それとは別に、自分にできる仕事はないかと。「でもぜんぜんダメで、そんなときに井上教授に声を掛けてもらって。ボランティアスタッフとして手伝ってるときは、もうさ、悲観的な気分になる暇なんてなくてさ、というか、楽しかったんだ。忙しいからとかじゃなくて、なんだろう、目の前でみるみると、子どもたちが抱えていた問題や課題がクリアになって、成功したり、発見したりで、顔が変わっていくんだよ。輝いていくんだ。それを見てるとこっちまで嬉しくなるっていうか、楽しいんだな。だから演奏家として活躍している人たちがどれだけその場にいようとも、バイオリニストとしてのぼくが落ち込むということはなかったよ。演奏家として活躍できる彼らが羨ましいとか感じてる暇もなかったし、それよりも、彼らと子どもたちをどう橋渡ししたら、より、効果的なサマーキャンプになるのか、それを考えるのが楽しかった」

「……もしかして葉山、指導者向きか？」

「いやいや、指導者も無理だよ。指導者と、生徒の、橋渡しをするのは楽しいけどね」

「なるほど」

財前は唸《うな》る。「だからか。それで井上教授は、常に葉山を指名してたのか」

だから今も学生との橋渡し役として、葉山を手元に置いているのか。

「ぼくは、高校の頃まで、人付き合いがそれは苦手で、まあ大学生になっても、そんなに得意じゃなかったけど、もっとひどくて。だから、まさか、人と人との橋渡しをするのがこんなに楽しいとは思わなかったし、自分がやって、うまくいくとも思わなかったし、でも、井上教授が誘い続けてくれたおかげで、何度となく体験できたおかげで、ちょっと自信がついたっていうか、これなら続けられるなって、思ったっていうか」

「なに、じゃあ、——葉山が絶賛人付き合いが苦手だった頃の同級生？」

財前が親指の先でくいっと後部座席を示す。

「そうだよ。ものすっっっっごく苦手だった頃の、同級生」

「へええ？　よく未だに付き合いが続いてるな」

「奇特な人だろ？」

「いや？　奇特というか、確か、あれだろ？　井上教授とも、高校生の頃からの付き合いだったろ？　絶賛人付き合いが苦手な頃からずっとの付き合いってことは、んんん？」

「……なに？」

「もしかして、そんなに人付き合いが苦手じゃなかったんじゃないか、葉山？」

「そんなことないよ？」

「ほら、葉山はそう思ってたけど、実はそうでもなかったんじゃないか疑惑だよ」

「――そんなことないよ」

人付き合いがうまかったのなら、あんなに心が痛い日々を送らずに済んだ。

「ただまあ、葉山は踏み込まないもんな。ぐいぐいもしてないし、ずけずけもしてない。がつがつもな」

「財前、擬音が多くて、わからない」

「楽器を教える仕事をしてるとな、意味不明な日本語を頻繁に使うようになるんだよ。この程度の擬音なんて、序の口だ」

「それはわかるけど、措《お》いといて」

「要するに、ずーっと友だちやってるけど、俺は葉山のことまったく知らなかったんだなって話だよ」

「ぼくだって、財前のこと、そんなによく知らないよ」

「——だよな」

財前が得たりとばかりに笑う。

「お互い様だよ、財前」

「だなだな？　ドライブしながら、こんなふうにふたりきりでけっこう深い話すんのも、これが初めてかもだしな」

——ふたりきり。

託生は素早く背後を見る。そのワードに敏感な男の様子を一刻も早く確認しておきたくて。

「ところで葉山」

「えっ。なに」

「なにって、なんで驚いてんだ？」

「いや。——ううん」

「あのさあ、ずっと気になってたんだけど」

「えええ、なに？」

「なにって、なにそんなにびびってるんだ？」

「や。なんでも、どうぞ、続けて」

「山下さん、どこ行った？」

「——はい？」

「さっきの家、持ち主は後ろにいる崎さんなんだろ？　葉山は葉山だし、でも表札には山下って、どういうこと？」

「ああ。——ああ、そういう疑問。良かった。あれは、元の家の持ち主が山下さんで、まだ表札を変えてないんだ。それだけ」

「なるほど。……てか、良かったって、なにが」

「なんでもない、ない。ない。大丈夫」

「さっきから、なに挙動不審になってるんだ？　けったいだぞ、葉山」

「ごめん。なんか、落ち着かなくて。うん。落ち着かない。もしかしたら喉が渇いてるのかもしれない。財前、どこかコンビニに寄ってもらってもいいかい？」

「いいけど……」

　幸いなことに財前は気づいていなかった。

　崎義一がサングラスの奥でずーっと財前の背中を睨みつけていたことに。


「財前、なにか買ってくるものある？」

　助手席のドアの開閉レバーに指を掛けて、託生が訊く。

　都内のコンビニは駐車場がない店が多いのだが、都心から少し離れただけで、ゆったりとした駐車場を構えたコンビニがちらほらと出現してくれて、とても助かる。

託生を迎えに行く途中ではゲットできそうになかったので、昨日のうちにコンビニで飲み物を調達済みだった財前は、

「いや、足りてるからいいよ」

答えると、

「じゃ、急いで買ってくるね」

と、託生はドアを開けてクルマを出た。

バタンとドアが閉まる。そのとき、自分はともかく崎さんは飲み物とか大丈夫なのか？　と財前は気になった。せっかく気持ち良さそうに熟睡してて起こすのは忍びないが、今なら葉山に買い物の追加をスマホで頼めるだろう。

後ろの座席を振り返った財前は、ポカンとした。

今の今まで、後部座席でぐっすりと熟睡していたはずなのに、

「……いない」

そこに崎さんはいなかった。「どういうことだ？」

だが、ドアが閉まる音は一回しか聞こえなかった。

テレポーテーション？　いやいや、そんなSF的な発想をいきなり現実に持ち込むのは。待てよ、もしくはインビジブル？　そこにいるのに見えない、とか？

念のためにコンビニの中を、クルマのフロントガラスから店の雑誌の棚越しに確認すると、なんと、崎さんが葉山といた。

「いる。――待て、待て待て、ちゃんと現実的に考えよう。もしかして、葉山と同時に降りて同時にドアを閉めたってことか？」

そんな神業チックな運動神経抜群な芸当、普通にできちゃうものなのか？　もしくは、偶然にタイミングが合ったとか？　ふむ。「偶然だな、偶然」

財前は進んで納得する。

狙ってやったとか、そのオチの方がヒトとしてコワイ。

「トイレ行ってくる。託生、水、買っといて」

言って、ギイがコンビニの奥へ向かう。

「どの水？」

「どれでもいい」

「わかった」

託生は適当なミネラルウォーターのペットボトルを二本選び、レジへ向かう。

ふたりで出掛けるとき専用の財布から支払いを済ませると、ギイがドアの近くで託生を待っていた。その立ち姿が、ドアの近くでただ立っているだけなのに抜群に恰好良い。レジの店員もちらちらとギイを見ていた。海外でモデルはやっていないと思うが、芸能人に間違われることは多いであろう。

と、ポケットのケータイが震えた。

「なに？」

ギイがケータイを取り出した託生の手元を覗き込む。

「メール。——あ、真行寺《しんぎょうじ》くんからだ」

「真行寺？　どうせまた、アラタさんの新着ニュースだろ？」

からかうようにギイがニヤリと笑ったのが、サングラスをかけているのにわかった。くだらない、とは、さすがに言葉にしないが、言外にありありとわかるニヤリであった。

「うん、多分」

相変わらず「アラタさん大好き！」の真行寺兼満《かねみつ》は、ギイと託生と同じ高校出身の一学年下の後輩である。そしてアラタさんこと三洲新《みすあらた》はふたりの同級生であった。人懐こい性格の真行寺は誰とでもすぐに仲良くなってしまうのだが、なぜか在学時から葉山託生に人一倍懐いていた。葉山サンは俺の癒《いや》しです！　などと照れもせず本人《たくみ》に宣言するほどである。

それは卒業後も変わらずで、なにかにつけては託生に連絡をしてきていた。主に、真行寺が大好きな三洲新のことを三洲と仲の良かった託生へと、——要するに、のろけたいのである。安心して（？）のろけられる相手が、真行寺のまわりには、未だに、これまた託生ひとりしかいないのだ。

「なら後にしろよ。早くクルマに戻ろう、熱海《あたみ》まではまだまだかかるぞ」

「そうでした」

迎えを頼んであるので遅くなるわけにはいかない。託生はギイに肩を抱かれ、押されるようにしてクルマへ戻った。

伊豆半島から九鬼島へ渡る方法はいくつかある。

トンボロ現象のときに渡るのが最も楽しいイベントだが時間の制約が厳しいので除外して、京古野家所有のクルーザーに適宜の港へ迎えにきてもらう方法と、自分でチャーターした（もしくは個人所有の）船で九鬼島へゆく方法、または、井上教授の伊豆の別荘から井上家のモーターボートで送ってもらう方法である。

「——え。そういう仕組み？」

財前が固まる。「ブルジョワ過ぎないか……？」

今回は京古野家のご厚意により、熱海港へ、迎えのクルーザーを寄越してもらえることになっていた。

財前の実家もそれなりに裕福だと知っている託生は、なにせ高額なバイオリンを親が買い与えてくれたのだし、財前が固まったことが意外であった。

「財前が船に驚くとか、意外かも」

託生が正直に伝えると、

「噂はあれこれ聞いてたから、想像くらいはしてたけどさ……」

バイオリン科の学生は、ピアノ科の教授とはあまり接点がない。

副科で（選択すれば）ピアノは習うのだが、所詮《しょせん》副科は副科なので、教授によっては学生がものの数に入っていない。主科を重んじる教授ほどその傾向は強かった。単位取得のためだけにピアノの課題をこなしている学生に、教える情熱を燃やす教授は少ない。そもそも副科は准教授もしくは（バイオリン科に於ける現在の財前のような）講師が教える確率が高いのだ。財前も副科はピアノを専攻していて課題も積極的にこなしており、おかげでピアノの評判も良かったらしいが、残念ながら指導教授は京古野教授ではなかった。

「でもさ、移動に個人所有のクルーザーって、そうそうないぜ？　って言うか、ここで井上教授が出てくるの、卑怯だろ？　井上教授の別荘と京古野教授の九鬼島って、ご近所さんってことか？　で、気軽に行き来とかしちゃってるわけ？　ええぇー？」

　料金が安くて港から遠い駐車場か、料金が高くて（といっても都内感覚ではさほど高く感じられないが）港に近い駐車場のどちらにするかギイに尋ねられた財前は、迷うことなく、港に近い駐車場を選んだ。

　クルーザーに固まる財前であったが、まあ、そういうことである。

　オフシーズンでも土日は満車が避けられない港に隣接した駐車場に、昼近い時間だが今日は平日なので無事に止められ、初島《はつしま》や大島《おおしま》などの定期船を利用する客が乗船時間になるまで寛いでいる待合所で、クルーザーの到着を待つ。

「財前は、井上教授の伊豆の別荘に招待されたことはないのかい？」

　託生が訊く。

「ないよ。ないだろ？　ないよな普通。だって夏は多忙じゃないか、井上教授。恒例のサマーキャンプに、夏が終わっても大学で教えてる以外は世界中で演奏会だし？」

「ああ、そうか」

確かにそうだ。

託生が高校生だった頃は、井上佐智は演奏家として世界中を飛び回ってはいたが、まだ教授として本格的な活動をしていなかった。だからある程度の時間のゆとりがあったのだ。伊豆の別荘に音楽家を志す音大生を招いて（客として呼ばれるだけでなく彼らも演奏するのだ）、母親の誕生日祝いも兼ねたサロンコンサートを開くというゆとりもあったのだ。——おかげで託生は、手放した音楽の道を強く引き戻すことができた。

託生が入学したのと同じタイミングで井上教授は大学での指導を本格的に始め、以降別荘でのサロンコンサートは行われなくなった。託生がどうこうというわけではなく、タイミングがそうであった。

大学に入学して井上教授から託生が特別扱いを受けたという事実はないのだが、タイミングが重なったおかげで、託生はぐんと成長することができた。

「別荘の招待、葉山はあるんだよな？」

財前に訊かれ、

「……うん、まあ」

託生はやむを得ず頷く。しかも二回も。——回数に関しては答えなくてもいいだろう。

いつの間にやらギイの姿が待合所になかった。自由なギイのことなので気にせずに、託生は財前と話を続ける。

「入学前から葉山が井上教授と懇意にしてたっていう噂は、耳にしてたんだ。真偽はわからなかったけど、どっちにしろ、レッスンで葉山が特別扱いされてたわけじゃなかったし、サマーキャンプの手伝いは門下生全員が打診を受けてたし、まあそんな噂はどうでもいいかなって、さ、どうでもいいんだけどさ」

　財前はぽりぽりと額を指先で掻《か》くと、「実はどうでもよくなかったっていうか、どの程度懇意にしてたのかそもそも本当なのかガセなのか、実は、ずーっと興味あったんだよ。けど、プライドが邪魔して訊けなかった。ごめん。ぶっちゃけ、俺は葉山を下に見てたからさ」

「いいよ。実際、下だったし」

「いやいやいや、イキがってたんだよ、あの頃の俺は。俺の方が葉山より優秀だって思ってたし、思っていたかったし、そんな葉山に教えを乞《こ》うとか、あの頃は絶対に無理で」

「噂の真偽を確かめるのは、教えを乞うってほどではないだろ」

「それくらいのハードルの高さ？　俺としてはさ。だってさあ、ただの噂じゃないし。あの頃は、葉山が羨ましいなんて口が裂けても言えなかった」

「羨ましい？　財前が？　ぼくを？」

「ほら、葉山だって驚くじゃないか。意外だろ？　そーゆーことだろ？」

「それはまあそうだけど……」

「この年になったからようやく言えるけど、俺は、葉山が羨ましかったんだよ」

「ぼくはあの頃も今も財前が羨ましいよ？」

「知ってる」

流れにそぐわない財前の即答。

「……そういう自信家の部分もね」

やや呆れつつ、からかったのだが、

「知ってる」

やはり即答された。

変わらないなあ、財前のそういうところ。託生から見ると、良い意味で、揺るぎない自信家である。

「財前がぼくのことを羨ましがっていたと、そんなふうに感じたことは一度もなかったけど、プライドが邪魔して訊きたいのに訊けないというのは、わかる」

「わかるのか？　葉山でも？」

「失礼だな、財前。そりゃあそうだよ、ぼくにだってプライドくらいあるよ」

「悪い。だよな」

財前が笑う。

「だろ？　――若さゆえ、だよねえ」

「ああ、若かったなあ」

「まだ若いけどね」

託生も笑い、「お互い、そこそこ丸くなったよねえ」

「なったなあ。意地のようなおかしなプライドは、なくなったとは言わないが、あの頃よりはだんぜん少なくなったなあ」

「高校時代に、井上教授にも京古野教授にもよくしてもらったのは事実だよ。伊豆の別荘にも九鬼島にも、行ったことがある。そこでバイオリンを教えてもらったんだ。でも大学に入ってからは、特別なことはなにもなかったよ。なかったけど、もし、財前に嫌な気持ちをさせてたなら謝るよ。ごめんね」

「謝るのはやめてくれ。そういうんじゃないから。——おかしなプライドにこだわってると、水をあけられちまうんだなあって、今更ながらに実感してるだけだよ」

「水をあけられるって、いつの話？」

「今。まさに、今」

「そんなことはないと思うし、それに逆だろ？　まさに今、財前に水をあけられてるのはぼくの方だよ？」

「そりゃな、晴れて母校にバイオリンの実技講師として舞い戻った俺は、バイオリンに関してはやっぱり葉山より上だよ。『序奏とロンド・カプリチオーソ』だって俺はさほど苦労せずに弾けるからな。そうだけど、バイオリンの腕前こそ葉山より俺が上だけども、なんだかなあ、いろいろ負けてる気がしてるのさ」

負けてる気。——財前が託生のことをどう受け止めているのかという話。

受け止め方は人それぞれで、託生本人としても、干渉できない。

負けてはいないと託生は思うが、きっと、そういうことではないのだ。

「勝ち負けにこだわるの、変わらないな、財前」

「そこは変わらないさ。なにをするにしたって勝ちたいし。俺は、負けたくないからな」

ああ、そうか。

「だからきっと、バイオリンを弾き続けていられるんだな、財前は」

誰にも、絶対に、負けたくない。

勝つことにもだが、なにがなんでも負けたくないという気持ち。そういう強い強い気持ちがなければ、楽器《バイオリン》を弾き続けてゆくのは難しい。

弾くことを止めたならどんなに楽になれるだろうかと、その誘惑と闘ったことのない音大生などいないだろう。音大生だけでなく、音楽だけでなく、なににせよ。

外からギイが戻ってきた。——ギイもだろうか。止めたい誘惑にとうとう負けて、すべての事業から手を引いたのだろうか。


勝手知ったるナントヤラ。

接岸と同時にサポートなしでひょいとクルーザーに乗り込んだギイに倣い、海に落ちないよう（落ちるような隙間などほとんど空いていなかったが、それでもやはり心配で）おっかなび

っくり乗船した託生と財前を、

「ようこそ、いらっしゃいました」

と、船長がきさくな笑顔で迎えてくれた。

今日は朝から大忙しですよ、と生き生きと話す海の上にいるのが大好きだという船長は、船の操縦も客を迎えるのも大好きなのだそうだ。島と島とを繋ぐ定期便の船長をするのは年齢的にも体力的にも厳しいので、今の仕事がとてもありがたいと言う。

という話を船長から引き出したのはギイである。顔見知りであることを除いても、相変わらず年長者と打ち解けるのが早い。

託生ひとりで訪れるはずの九鬼島の下見に、財前はさておきギイも同行すると知った、京古野家に十年以上勤め続け、ピアニスト京古野耀のマネージメントだけでなく現在は京古野家の管理運営まで任されるようになった陣内《じんない》公司《こうじ》は、――前職は、とある財閥系大企業の秘書である――でしたら私のアテンドは不要ですね、と、電話の向こうで笑った。

朝一番の電話だったにもかかわらず既に陣内の背後はなにやら賑やかで、工事の日程調整がどうとかという件を思い出した託生は、

「慌ただしい時期にすみません」

と、謝った。

通常はクルーザーで客を出迎える役は陣内だ。甲板に立ち、客人の手を取って乗船のサポートもしてくれる。託生たちは客というより身内（スタッフ）であり、加えてギイがいるなら安

心とばかり、船内には（船長のみで）陣内の代理もいなかった。実際、ギイがいるのでなにも困らなかったのであるが。

自称スペシャルコーディネーターは伊達《だて》ではない。

九鬼島南端の船着き場から、ゴルフ場にあるような電動カーで島内を、北端の屋敷まで移動する。もちろんハンドルを握るのはギイだ。

どこかの南国リゾートと錯覚しそうな景色の中をのんびりと移動して、これまたホテルのような石造りのどっしりとした外観の大邸宅に到着する。隅々まで手入れされた樹木や庭について、島内の他の施設について、また、これらを設計した伝説の建築家についてなど、道々説明してくれたのもギイであった。

なぜにコノヒトは（ここの住人でもないのに）こんなにアレコレ詳しいのだ!?

という財前からの驚異に満ちた視線を浴びつつ、託生と約束したスペシャルコーディネーターの役目を充分に果たしたギイは満足げで、そして三人は屋敷の中でようやく陣内の出迎えを受けた。

九鬼島でのサマーキャンプに向けて細かな手配や段取りは陣内に任せるのが最良で、本日の下見の主な目的は、陣内が効率よく下準備するための打ち合わせである。

工事の人にしては、ポロシャツやら動きやすい普段着なれど作業着には見えない服装の老若男女が、あちらへこちらへと忙しそうにしていた。

「落ち着かなくて、申し訳ない」

陣内は言い、彼らを横目に邸内を奥へと進む。

部外者のギイは席を外していたので、託生と財前を、落ち着いて打ち合わせができるよう静かな応接室へと案内した。


島の西側、伊豆半島に面した側に物見の砦《とりで》がある。物見の場所が島にあるなどとは物騒な話だが、砦といっても遠い昔に使われていたもので今は建物などはなく、ただの広場であった。物見に使われていただけあって、ここからは遮るものはなにもなく眺めは大変によろしいのだが、足元は切り立った高い崖《がけ》なので頑丈な手摺《てす》りが設けられていた。

広場の隅に大きさの異なるお地蔵さまが並んでいる。

ギイはサングラスを外し、肩にかけていたデイパックから、潰れないよう気をつけて持ち運んだ、熱海港近くの店で買った一個ずつ透明なフィルムで包まれたふっくらとした温泉まんじゅうを取り出して、それぞれの地蔵に供え、手を合わせる。

京古野耀の持ち物になってから島内は相当に様変わりした。趣のある持ち味はそのままに、随分と垢抜《あかぬ》けた。

けれど変わらないものもある。

素朴な地蔵たち。

来客はこんな遠くにまで足を延ばさないし、屋敷のスタッフもこの場所を積極的に教えたりはしない。

見晴らしの良い、ここは静かな場所なのだ。亡き人を想う、弔《とむら》いの場所。

高校生の頃に託生と親友の赤池章三《あかいけしょうぞう》と三人でこの島を訪れたときは、伊豆半島と九鬼島を結んでできるトンボロ現象を利用した。海の底から干潮時にだけ現れる白い道、そこを渡ってきたのである。

「……確かここから見えたんだよな」

お地蔵様へ挨拶を済ませ、立ち上がった足で、サングラスを掛け直しつつ手摺りへ向かう。

正面は伊豆半島なので、そこから視線を大きく右へずらすと、干潮時であればうっすらと細長い道を見ることができる。

滅多に拝める道ではないのだが、タイミングが良かったのか、ちょうど海の道が半分ほど現れていた。

ここから干潮が進み道が延びるのか、満潮へ向かって道が消えるのかは、調べていないのでわからない。

ギイは顔を顰《しか》めた。

「なんだ？　あの人だかり」

剝《む》き出しの海底に立つ複数の人影。

写真撮影で使われるかなり大判のレフ板が数枚と、本格的なカメラ機材や人数の多さから、素人がネット動画を撮るためにたむろしているというよりは、なんらかの商業的な撮影をしているようであった。

なるほど。それで、クルーザーは朝から稼働していたのか。そしておそらく陣内は、朝からあれの対応に当たっていたのだ。

人々の輪の中央にいる被写体と思われる長身の青年が、ふと、ギイの方を見た。

この距離で目が合うなどありえないが、というか、ギイはサングラスをしているのでここにいるのが誰なのかわかりようもないだろうし、そもそもこの場所に人がいるなどと普通は思いつきもしないはずなのだが、いきなり大きく両腕をぶんぶんと振って、その場でぴょんぴょんと跳びはねる。——間違いなくアピールである。だが、なにをアピールされたのだ？

「……もしかして」

ギイは呟き、急いで屋敷へ取って返した。

九鬼島から伊豆半島へ伸びるトンボロ現象をロケーションに利用した清涼飲料水のＣＭ。朝からかかって正午過ぎに撮影が終了し、撤収作業の最後に責任者が陣内のもとへ挨拶に来た。安定した晴天に恵まれたおかげで撮影は順調だったと、主《あるじ》である京古野氏によろしくお伝えくださいと。——さすがに金銭に関しての話題はここではされない。

屋敷の前にズラリと並んで待機している電動カーへ、たくさんの機材や荷物を積み終えたら分散してスタッフも乗り、クルーザーが待機している船着き場へ向かうという手筈《てはず》。

その集団から、電動カーには乗らずダッシュで走ってきたひとりのイケメン。明らかに一般人ではない華やかなオーラ。

「うわあぁぁぁぁ葉山サンっ、ギイ先輩も！　もももしかして葉山サンっ、今朝のメール見てわざわざ俺に会いに来てくれたっすか？　陣中見舞い的な？　てか、やばいやばいやばい、やっぱマジでギイ先輩だっ！　見間違いじゃなかった！　すげぇ！」

陣内と共に玄関前に立っていたのは、ロケ隊の見送りのためではなかったのだが、

託生が噴き出す。

「相変わらず賑やかだなあ真行寺くん」

ポカンとしているスタッフたちをよそに、真行寺はハイテンションで盛り上がる。——ポカンとしているのは財前もだ。

真行寺兼満。ギイと託生にとっては高校の後輩だが、財前にとっては最近よく雑誌等で見かけるようになったイケメンのモデルである。本業は（真行寺本人としては）舞台役者であった。

取り澄ましたクールな表情が印象的なモデル真行寺兼満の、イメージと掛け離れた明るいテンションション。しかも、無邪気。——財前がポカンとしてしまうのはやむを得まい。というか、おい葉山？　桜ノ宮坂の学生たちの噂によると、ピアノ科在籍で歌って踊れて演技もできるアイドルのシオンちゃんとも懇意って？　おい？　おいおいおいおい？

陣内との打ち合わせが終わり帰路に就くかと思いきや、久しぶりの九鬼島をもう少し堪能したいという崎さんに合わせて、葉山も残るそうだ。

用事は済んでしまったので残る理由もないのだが、それだけでなく、財前は無性にバイオリンの練習がしたくなった。一刻も早く自宅へ戻ろう。ここで音楽の刺激を受けたわけではないのだが、なぜか、おちおちしていられない気分になってしまった。

財前は、ロケ隊と一緒にクルーザーに乗って熱海港へ戻る。いろいろと謎めいた〝デキる男崎さん〟の正体は気になるし、崎さんに比べてあまりに凡庸な葉山との関係も、下世話だが、気にはなる。が、ここに残ってどうこうするほどではない。

もともと新幹線や在来線を使う予定でいたので財前がクルマで帰っても問題ないし、むしろひとりで帰らせることになってしまって済まないと、財前は謝られてしまった。クルマ持ちなら長距離をひとりで移動するのはよくあることで、クルマでひとりが寂しいわけではないが、葉山はそういう感覚なのだなと気づく。

意外だ。大学時代はいつもひとりだったのにな。

ひとり行動が好きなわけではなかったのか。いやまあ、とはいえ自分もプライベートで葉山を誘ったことなど一度もないが。

――なんだか、知らない顔ばかり見せられている。

長い付き合いなのに、友人と呼ぶにはよそよそしい関係であったが、それでも仲間のひとりだったのに、まるで、まったく知らない人のようだ。

もうひとり、やむを得ない様子で電動カーから降り、落ち着いた足取りでやってきたきりりとした印象の女性が、

「ここでお会いできるとは」

と、ギイと託生に挨拶した。「ご無沙汰《ぶさた》しております。いつもうちの真行寺がお世話になっております」

そして深々と頭を下げる。

「梶谷《かじたに》さん、今ってまだ仕事中？」

きさくにギイが訊く。

梶谷幹子《みきこ》。下の名前の読みは〝みきこ〟だが、親しげに『カンコちゃん』と呼ばれることもある。うっかりギイがそう呼んで、以降、真行寺が真似していた。あまりに嬉しそうに使うので、くれぐれも仕事場ではそう呼ばないよう釘を刺されて、許された。

「カンコちゃん、俺さあ……！」

仕事場ではそう呼ばないよう！

「しっ」

梶谷は手のひらをバッと向けて真行寺を制すると、「撮影は終わりましたし、この後に仕事は入ってないので、半分くらいはプライベート、ですかね」

ギイへ説明する。

「なら、カ、梶谷さんっ！　俺、残ってもいいっすか？　ギイ先輩たちと積もる話、したいんすけど！」

「それ、ひとりで帰るって意味？」

「帰れます。もう大人っすから」

「そんなトンチンカンな答えを聞きたいわけじゃないんだけど。相変わらず自覚が足りないっていうか。そもそもあなた、邪魔なんじゃないの？　崎さんたちはここへ遊びにいらしてるわけではないんでしょ？」

——邪魔。

「あ……」

真行寺はハタ！　とギイと託生を見る。やがて、縋《すが》るような眼差しになる。

苦笑するギイ。

「こっちはかまわないですよ。梶谷さんはこの後も仕事があるんですよね？　差し障りがなければ真行寺はオレたちで家まで送りますし」

「崎さんにそう言われてしまいますと、……ねえ」

梶谷は曖昧に頷くと、「わかりました。それではよろしくお願いします。——いいこと真行寺、くれぐれも、くれぐれも！　はめは外さないようにね。わかってるんでしょうね？　おかしなことしてせっかく決まったＣＭ、オンエアできなくなるようなことにならないでよ」

梶谷の圧に押され気味に顎《あご》を引きつつも、

「ぅす！」

真行寺は力強く返事をした。

電動カーへ戻りかけ、ふと立ち止まり、くるりと振り返った梶谷は、

「財布は？　持ってきたの？」

と真行寺に訊く。

「財布？」

真行寺は背中のボディバッグをしゅっと胸の前に回し、中を見る。「あ、あります！」

「お金、ちゃんと入ってるの？」

「あ……、んーと、千五百円、……くらい？」

「千五百円か。コドモの財布並みだな」

からかうギイに、てへへと照れる真行寺。

つかつかと戻ってきた梶谷は、すっとお札を真行寺のボディバッグに突っ込んで、

「いいこと、先輩たちに甘えるのもほどほどにするのよ」

ぼそりと告げて、今度こそ、電動カーへ乗り込んだ。

それが最後尾の電動カーであり、既に他の電動カーは船着き場へ向かって走り始めてしまったので、屋敷の前に止まっている最後の電動カーでもある。

財前も同じ電動カーに乗り込んだ。

託生は、

「財前、今日はありがとう。また大学で」

と、手を振って、財前を見送る。

乗り合わせた梶谷はしばらく無言で財前を眺めていたが、

「あの、すみません。葉山さんが大学でとおっしゃってらしたので、財前さんて、やはり楽器をなさるんですか？」

　と、訊いた。芸能界でマネージャーという職業を長年している性《さが》でもあるし、イケメンには話しかける主義でもあった。

　クラシックの音楽家も大きく括《くく》れば芸能人に含まれる。プロダクションに所属してマネージャーを持つ音楽家もいる。財前はそこまで多忙ではないし、そこまでの大きな活動もしていないので自分のスケジュールは自分で管理しているのだが、――そうか、この人は芸能事務所のマネージャーだし、今からクルーザーに乗り合わせるのはＣＭ会社の人たちだ。

　急に、ふわっとした気持ちになった。

　財前がもし、もう十歳若かったら、……売り込みしていたかもしれない。

「そうです。バイオリンやってます。――しがない臨時講師ですけどね」

　まずい。心にもなく〝しがない〟と付けてしまった。いやだがしかし、自分たちの世界では音大の臨時講師になれただけでも相当に凄いが、一般世間での評価は、おそらくイコールではないだろう。大学でアルバイトしている、くらいの、軽い認識をされがちなのだ。

「バイオリンですか？」

　だが梶谷は、しがない、の、部分ではなく、「私、バイオリンの音楽はとても好きです。詳しいってほどではないので、メンデルスゾーンのとか、チャイコフスキーのとか、有名どころのその程度ですけれども、でも素敵な楽器ですよね」

と、続けた。

「……俺も、メンデルスゾーンやチャイコフスキーは好きです」

コンチェルトなのでそうそう人前で弾けるチャンスはないのだが。——ああ。

オーケストラとコンスタントに協演できるようなバイオリニストに、果たして自分はなれるのだろうか。もう三十の手前にいるのに。今更、叶うのだろうか？

「真行寺はああ見えて、苦労したんですよ」

唐突に梶谷が言う。

「——はい？」

「プロフィールにもあるので知ってる人は知ってるんですけれどね、体育大学に進んで、けっこうひどいケガをしましてね、第一線を諦めざるを得なかったんですね。リハビリや練習を相当に頑張ったらしいんですけれども、復活は難しかったんでしょうね。そんなタイミングで、この世界に縁ができたんですよ。この世界も決して楽ではないですけど、最初は裏方にいて、体を動かすのが好きで、誰に物を頼まれてもくるくると楽しそうにこなすので、行く先々のいろんな現場で可愛がられましてね。そのうちに、あのルックスで裏方にしておくのは勿体ないとあちこちから言われるようになって、それで表に出るようになったんです」

「……そうなんですか」

「夢が破れて辛《つら》かったでしょうに、……今もその辛さは忘れてないと思うんですけど、どうにか切り換えて、そうしてとうとう、ＣＭ出演なんですよ」

梶谷がにっこりと笑う。「下を向いてると、俯いてばかりいると、幸運の女神が目の前を通るのを見逃してしまうらしいですよ？」

「……え？」

弾《はじ》かれたように財前は梶谷へ視線を向ける。俯いていたつもりはなかったが、――そんなふうに見えたのだろうか。初対面の、この人には。

と、電動カーの前方に（まだ距離はあるのだが）船着き場が見えてきた。島まで乗ってきたクルーザーの他に、モーターボートが一隻泊まっている。ボートに人影が見え隠れして、財前はドキリとした。九鬼島へ別荘からモーターボートで渡ってくるのは井上教授だ。やった！　なんてラッキーなんだ！　ついに直《じか》に挨拶できる！

ボートから、先に降りた男性にエスコートされて、ひとりの小柄な女性が降りてきた。井上教授の姿はない。あのボートは井上家のものではなかったのか。

なんだ。と、がっかりしたが。

――あれ？

財前は女性に視線を留める。……どこかで見たことのあるような？

彼らは船着き場で電動カーに乗り換えて、こちらに進んできた。そうしてすれ違いざまに、財前は改めて（失礼にならないようにだが）女性の顔をそっと観察した。

「あ！」

思わず座席から立ち上がる。「す、すみません、止めてください」

運転手に言い、停車した電動カーから飛び降りた財前は、一目散に、すれ違った電動カーを追いかけた。

「あらあら」

同乗者に挨拶なしは寂しいし、なにが起きたのかもわからないが、「せっかく、いい感じに口説けてたのに、名刺を渡す前に逃げられちゃった。残念」

梶谷は笑って肩を竦めた。

てっきり、いつもの最愛のアラタさん新着ニュースかとスルーして、後で時間ができたら開くつもりですっかり忘れていた真行寺からのメール。

どこかへふらりと出掛けていたギイに戻ってすぐに促され、確認して驚いた。

『葉山サン大変です！　今日の仕事先、なななあんと九鬼島です！　憧れの海の道での撮影です。感激です。ついに念願叶います。やったー！』

同じ日に、同じ場所に。

託生と真行寺には、たまにこういうことが起きる。誰が相手と限定しての話ではなく、約束してもうまく会えないことだってあるのに、なんとも不思議な縁である。

なので、偶然の一致に託生は特段驚かなかった。またしても面白いことになったな、とは思った。だが二重のラッキーとなった真行寺は、嬉しくて仕方ない。

高校時代は十年以上も前なのに未だに託生を慕い、ギイに憧れと尊敬の念を抱く。ふたりは真行寺の大好きな先輩なのだ。それも思い出の中に住んでいる先輩ではなく、現在進行形で親交が続いている先輩であった。

まだ滞在されるのならと、陣内が昼食を用意してくれることになった。

せっかくの清々《すがすが》しい好い天気なので、中庭でいただくことにする。見覚えのあるテーブルセット。きちんと手入れされているからか、屋外で十年以上は使っているはずなのに褪《あ》せた印象がなかった。

「ここで食事するのも懐かしいね」

託生が言うと、

「っすよね。あのときの朝食は、豪華でした……！」

メニューも充実していたが、面子《メンツ》の華やかさがとんでもなかった。「あのフルートの上手な人は元気なんすか？　乙骨《おっこつ》の従兄《いとこ》弟の」

真行寺より更に一学年下の乙骨寄彦《よりひこ》の従兄弟で、託生にとっては桜ノ宮坂音大の先輩である乙骨雅彦《まさひこ》。

「雅彦さんは、フランスかどこかに留学してるんじゃなかったかな」

託生が答える。

対人関係を苦手としていた乙骨雅彦は、人目を避けるようにして数年間この屋敷で暮らしていたが、なにかがきっかけとなって、もっとフルートを学びたくなったと一念発起し、海外留学したのである。

音楽に国境はないというが雅彦のフルートならばそれが証明できるであろう。彼は、そういうフルーティストである。

「ヨーロッパを転々としているから、正確なところはわからないけどね」

ここで引き籠《こも》りのような生活をずっとしていたのに、ひとたび海外に出たならばまるで水を得た魚のごとく旺盛に音楽を吸収し、一年ほどで拠点を移してしまうので、託生はなかなか追いきれない。

「あのときは三洲も章三もいて、まるで祠堂の寮にいるみたいだったもんな」

ギイが祠堂を去る直前の、短くも充実した夏休みのこと。「真行寺、あの後、三洲の母方の祖母はここを訪れているのか？」

娘時代にこの島の若き跡取りに嫁ぐはずだった三洲の祖母は、部屋から島が見えるサニーハウスというマンション型の介護施設に入所している。

もし跡取りが若くして亡くなっていなければ彼女はここの主であり、現在の家庭を持つこともなかったであろうから、三洲と真行寺の出会いも、おそらく、ない。

しあわせと、ふしあわせ。別れ道は至るところにある。選びたくないのにどちらかを選ばねばならなくなることも、自ら道を変えることも、しあわせを願ったのにふしあわせに、ふしあわせと諦めた道が結果しあわせだったりすることもあるだろう。

人生は、歩いた先にしか結果が見られないものだから。

前以て知ることはできないから。

ただ願うだけだ。ゆく道の先に幸多かれと。

「京古野さんが折につけミヨさんを島へ、食事に招いてくれるって、アラタさんが」

ミヨさんとは、三洲の祖母の名前である。出木《でぎ》ミヨ。——もし若き日の結婚が成立していたならば、彼女の名は九鬼《くき》ミヨであった。

「そうか、交流は続いてるのか」

「俺は一度も誘ってもらえてないんすけど、アラタさんは、ミヨさんと一緒に何度か島に来てるっぽいっす。前にそれとなくミヨさんに訊いたら、ミヨさんは誘われるたびに真行寺くんもってアラタさんに言ってくれてるらしいんすけど、アラタさんてば、俺の都合も確認しないで、真行寺は仕事で来られないって、いっつも勝手に断ってるっす」

「ははは。三洲くんらしい」

託生が笑う。

「そーゆーとこ、ぜんぜん変わんないっすよアラタさん」

「ちゃんと両思いで、れっきとした恋人同士になっても、三洲はやっぱり三洲なんだなあ。何年経っても」

真行寺には気の毒だが、ギイは半ば感心する。何年経とうとぶれない男である、三洲新。

「でも、変わらないと聞くと、ホッとするよ」

さりげなく託生が続ける。

「……っす」

真行寺がちいさく頷く。「てか、っつーことで俺は撮影でここ来たんすけど、先輩たちは、どうしてここにいるんすか？」

「ああ。どうしてかというと――」

託生は手短に九鬼島で行われるサマーキャンプの説明をした。

説明を聞く真行寺の表情が徐々にキラキラし始めて、

「いいなあいいなあ！　俺も手伝いたいっす！　いいっすか？　いいっすよね！」

託生の方へグイと寄る。

「いいわけないだろ。真行寺くん、きみ、自分の立場を考えなきゃ」

「俺、なんでもやるっすよ！　力仕事も得意っすよ！　付き人時代が長かったんで、裏方、めっちゃ得意っす！」

「こりゃ、かなり目立つ裏方だな」

「ギイ」

託生は低く窘《たしな》めて、「真行寺くん。そういうことじゃないから」

梶谷の苦労が窺《うかが》える真行寺の天然っぷり。たとえ裏方でもスタッフに真行寺がいたら、キャンプの参加者たちは落ち着かないに違いない。真行寺は今や、ＣＭが決まったほどの若手イケメン俳優なのだ。

「そしたら俺、アラタさん誘うっす」

「え？」

ギイと託生は、揃えたように真行寺を見る。

「その頃だと、アラタさん、多分、休みだし」

「……そうなのかい？」

と、託生。

「おい。なに静かに前向きになってるんだ託生。あのな真行寺、せっかくの休みに三洲にボランティアさせるのか？　文字通りの休息を取った方が良くないか？」

ギイの心配をよそに、

「そうか。三洲くん、その頃は休みなのか」

託生が検討をし始める。

「葉山サンっ！　もしアラタさんオッケーだったら俺とアラタさん、ボランティアで参加してもいいっすか⁉」

「とことん裏方だけど、本当に大丈夫かい？」

「っす！」

「わかった。だったら、井上教授と京古野教授に打診してみるよ。――ふたりともこの島に詳しいし、このお屋敷にも詳しいし、おまけに身元がちゃんとしてるから、高い確率で許可が出そうだし」

「ありがとうございまっす！」

真行寺がびしっと頭を下げる。スポーツから離れて久しいのに、体育会系の影響は深い。

「そうだ。いっそギイもボランティアで参加するかい？」

託生が訊く。にやにやと。

「ボランティアはやぶさかじゃないが、オレがいると三洲が来ないんじゃないか？」

「……ああ！」

託生と真行寺が大きく頷く。――ギイは基本どの友人もウエルカムだが、三洲は全員ウエルカムと見せかけて、その実、人選が厳しい。表面上はとてもよく似ているふたりだが、中身は真逆である。そこが、三洲がギイに馴染《なじ》まない原因のひとつであった。

それも、高校時代から変わらない。

「だからオレは託生の演奏の日にだけ、島にくるよ」

「えええっ、葉山サン、サマーキャンプでバイオリン弾くんすか!?　そしたら、もしボランティアが駄目でも、俺も演奏聴きにきたいっす！」

「いや。――うん。するにはするんだけど、あんまり期待されるとツライというか……」

「なにそれ。聞き捨てならないんですけど」

いきなり女性の声が会話に割り込んできた。

声だけでなく、真行寺をぐいと押しのけて小柄な女性が託生の前に立つ。託生は驚き、目を見開く。

「サツキちゃん！」

「Hey, how are you?　タクミ」

「あー……、（確かこの場合に適した返し方は、シンプルに）……Good」

「私は Great よ！　会えて嬉しい！」

そして託生にぎゅっとハグをすると、「ギイ！　久しぶり！」

「ははは。Great ときたか。疑う余地なくサツキは元気そうだ」

と笑うギイとも、ハグを交わす。

「……あのう、この方は？」

取り残される真行寺。

「あ。ごめんなさい、会話に割って入っちゃったのに挨拶もなしで。はじめまして。私は天乃《あまの》皐月《さつき》です。ピアニストなの。あなたはどなた？」

「俺は、真行寺兼満です。え……っと、ぶ、舞台役者です」

「舞台役者？　まあ、道理で。とてもハンサムなのね」

「そ、そっすか？　てへっ」

面と向かって誉められて照れ笑いする真行寺だが、服装やメイクやしゃんとした立ち姿や言葉遣いの感じからかなり雰囲気は大人っぽいが、皐月は真行寺より五歳は年下のはずである。

「サツキ、真行寺のこと、見たことないか？」

「見るってどこで？　日本でお芝居の舞台は見たことないのよ。舞台役者なのよね？」

「最近はファッション雑誌にもよく登場してるんだよ。たまに表紙を飾ったりして」

「そうなの？　ということは、ハンサムだし、人気もあるってことなのね？」

皐月はスマホを取り出すとささっとネットをチェックする。シンギョウジカネミツ。――トップで変換された文字は真行寺兼満。少しサーチしただけでファンによってアップされたであろう画像がいくつもヒットした。「……Whoa!」

「舞台での演技もなかなかだぞ」

「ギイが言うならそうなのね。すごいわ、多才なのね。私、ピアノを弾くくらいしか取り柄がないのよ。羨ましいわ」

皐月が言う。――謙遜ではなく、おそらく本気で。

「っす！」

しかも素直な真行寺は心から嬉しそうに返事をする。

あれ？　似てないか、このふたり？　――ではなく。

「みんな。立ち話もなんだから、座ろうか」

託生が提案した。

皐月が現れて、テーブルセットの周りでずっと立ち話しているのが、急におかしい気がしてきたのだ。彼女に椅子を勧めねば、と気づいたおかげで。

「サツキちゃん、いつ日本に？」

皐月の現在の拠点はカナダである。――カレント・ターディフ総合大学を卒業したのちに、彼女はカナダへの留学を決めた。一度は断った、亡き姉が在籍していた大学へ。そしてそこも卒業し、住まいをカナダに置いたまま世界中で精力的に音楽活動をしている。

「少し前によ。今日、たまたまこの近くまできたからサチ・イノウエに会いたくなって別荘を訪ねたの。でも、入れ違いだったのよ。昨日までは伊豆の別荘にいらしたんですって」

「そうだったんだ？　知らなかった」

託生は驚く。

「だったらタクミより私の情報の方が優秀ね。別荘にいらしたこと、知ってたし」

おかしな自慢をする皐月へ、

「なら、オレたちが島にいると佐智の別荘の人から聞いて、渡ってきたのか？」

ギイが訊く。

「ううん。ギイたちがここにいるのはついさっき知ったの。さっきそこでハウス・スチュワードの陣内さんが教えてくれたの。私は、アキラ・ミヤコノのファンなのよ。挨拶したいと思うのは当然でしょ？　目と鼻の先にまで来ているのよ？」

「あ、そうか。サツキちゃんはピアニストだった」

託生には憧れのバイオリニストはいるが、憧れのピアニストはいない。同じクラシック音楽の世界にいても、別の楽器の演奏者は、近くて遠い存在である。

「だから不在なのはショックだわ。——タクミとギイに会えたから、よしとするけど」

「それはどうも」

ギイが笑う。

「来る前に電話で確認すれば良かったんじゃないのかい？　そしたら、京古野教授が不在だと海を渡る前にわかっただろ？」

「タクミ。あなた、ぜんっぜん、わかってない。不在だってわかったら、ここに来られないでしょ？　違う？　もしわかったら、行くのは時間の無駄って私のマネージャーが却下するでしょ？　九鬼島に来られるせっかくのチャンスを棒に振ることになるのよ？　私は、アキラ・ミヤコノが不在でも、彼の家を訪ねたかったのよ。ファンなの。だからわざと電話はしなかったの。わかる？」

「……はい」

「もう。少しはファン心理とか、乙女心とか、理解できるようになりなさいよ。いつまでもteen じゃないんだから」

　ネイティブばりの発音で teen と言われてしまうと、より幼稚さを指摘されたようで、託生にはひどく応える。

「まあまあサツキ、託生が朴念仁なのは今に始まったことじゃないから」

「ボクネンジン？　って、なあに？」

「……解説しないでギイ」

「はいはい。ところでサツキ、さっき、聞き捨てならないって託生に迫っていたのは、なんのことだい？」

「そうでした！　ねえタクミ、私とのセッションはあんなに散々嫌がったのに、いったい誰の伴奏でバイオリンを弾くの？」

「話すと長い」

「なら話さなくていいから私とも演奏して？」

「いや。……それは、無理、かなあ？」

「どうして？」

「どうしてもこうしても、だって、まったくついていけないよ。現役のときですら、全力で、やっとどうにかなったのに、今やサツキちゃんは当時より更にパワーアップしているし、一方のぼくは相当にパワーダウンしているんだよ？　わかってるよね、そこのところ」

「わかるけど、でも、たまにはサツキもタクミと弾きたい」

「遊びならいいけど、――や、ごめん、今のなし。遊びでも無理」

「ひどい。ひどすぎる、タクミ」

「きみが望むようなバイオリンは、さすがに弾けない」

「そうかなあ？　そんなことないと思うけど」

「あのさ、できれば言いたくなかったけど、ぼくは、サツキちゃんに、本気のがっかりをされたくないんだよ。ああ、ここまで弾けなくなっていたのね。とか、しみじみ実感されたくないんだよ。セッションしていないから、まだかろうじて、ぼくのバイオリンのイメージはマンハッタンでの演奏の、あそこで、止まっているだろ？　できればそのままにしておいてもらいたい。せめて、きみには」

「……そうなの?」

「見栄を張ったままでいたいんだ。――駄目かな?」

皐月はしばらく考えて、

「それって、タクミはサツキには、イケてるバイオリニストとして記憶にとどめておいて欲しいってこと?」

「あ……、イケ、うーん、そうだね、そういうことかな」

「じゃあ組むのは諦めるけど、つまり、ものすっごく久しぶりに人前でバイオリンを演奏するってことよね、タクミ? なにを弾くの?」

「……『序奏とロンド・カプリチオーソ』、かな」

曲名を口にしただけできゅうっと胃が縮む。しかも、「かな」ってなんだ、決定事項だぞ託生。重ね重ね、情けない。

「まあ!」

皐月の顔が輝いた。「ステキ! 私、その曲、大好き」

「ごめん、プレッシャーはかけないでくれ。人前で弾くレベルにまでまだ戻せてないんだ」

「プレッシャーなんてかけてないわよ? その曲が大好きだって言っただけじゃない」

「そうなんだけどさ……」

「既にナーバスになってるんだよな、託生」

ギイが助け舟を出す。「日々練習を重ねてはいるが、成果はイマイチらしい」

そうなのだ。経過はお世辞にもはかばかしくない。

「サチ・イノウエにレッスンしてもらえばいいのに」

「いやまだそれ以前の状態なんだよ……」

言いながら、託生は更に情けなくなる。

演奏技術の衰えっぷりは託生の予想以上だった。取り戻そうと必死にもがけばもがくほど、気持ちが追い込まれてゆく。油断すると挫《くじ》けてしまいそうになる。

「それ以前って、――本番はいつ？」

「……ここでのサマーキャンプ」

「サマー？　って。すぐに夏よ？　うわあ、前途多難」

皐月が引く。

「やめてくれよ。前途多難とか、わざわざ言葉にしないでくれ」

しかも皐月に言われるとか。

「そんなんなのに、よくぞ決意しましたね。すごいや、葉山サン！」

それまで黙って話を聞いていた真行寺が感嘆して口を開いた。

「……え？」

やや沈んでいた場の空気が一瞬にして明るくなる。

「やっぱすごいなあ、葉山サンは。ぜんぜん本調子じゃないのに、弾く決心したんすね。勇気あるなあ」

「真行寺くん……！」

「俺も見倣わないと。自信あるとかないとか、ガタガタ言ってちゃダメっすね！」

なくても頑張る。勇気を持って、精一杯、頑張る。「あああ、マジ、今日は良い日だー。先輩たちに会えて良かったっす！」

「意外だ。真行寺くん、ぼくから見ると順風満帆なのに」

託生こそ、真行寺の言葉から力をもらった。――勇気。そうか、自分が必死に振り絞り続けているこの意気込みは勇気なのか。どうにか奮い立たせていないと、城縞に撤回の連絡を入れたくなる。

真行寺は、必死に勇気を振り絞り続けている託生を、認めてくれたのだ。見倣いたいとまで言ってくれた。

「だって、ＣＭとか、自信ないっすもん」

真行寺がぼそりとこぼす。

皐月に自分は舞台役者だと名乗ることにすら、一瞬、迷った。名乗るのに相応《ふさわ》しい演技ができているわけではない。実績もさほどない。人一倍の努力はしてきたつもりだが、それ以上の努力を重ねている人が役者仲間にはたくさんいる。

「ＣＭに出られるのはすっげ嬉しいっすけど、そしたら、評判が気になるし。俺のせいでぜんぜん商品売れなかったとかなったら、もう、どうしていいかわかんないし」

商品の売れ行きの責任を真行寺が取る必要も、そもそも、責任を感じる必要もないとギイは思ったが、言わずにおいた。

それらを全部背負って、CMの仕事を引き受けることにしたんだな、真行寺。お前こそ、すごいじゃないか。

そして、文化祭での『竹取物語』の劇を思い出す。御《み》門《かど》役に選ばれて、所属していた剣道部の先輩たちから不必要な嫌がらせを受けた。真行寺が望んで劇に出たわけではない。御門の役も自分が望んだものではない。いろいろな事情をぜんぶ飲み込んで、その上で、真行寺は全力で演じたのだ。

その本番の劇を、ギイも、託生も、観てはいないが、本番に向けての頑張りと踏ん張りは、よく知っていた。

よく耐えた。そして耐え抜いたのである。

真行寺が小劇場の舞台に立つようになってから、機会があるとギイと託生は観に行った。真行寺が舞台役者になったことは、体育大学へ進学した当初の志とはかなり外れてしまっていたが、違和感はなかった。演劇部でもないのに高校時代に何度となく舞台に立たされていた真行寺は、台詞《せりふ》覚えが早く、ルックスは舞台映えし、動きは機敏で大きいし、声も大きい、しかもよく通るのだ。腹筋が鍛えられていたおかげかもしれない。おまけに、アドリブも利くのである。緊張でうっかり台詞の飛んでしまった相手と、その場でやりとりしつつ、うまく誘導する。

それを、誰に教えられたわけでもないのにやっていた。当時の真行寺には思いもよらないことだが、役者は、真行寺の天職なのかもしれない。

頑張る真行寺の頼みとあれば、

「ボランティアの件、オレからも佐智と京古野さんに口利きをしておくよ。うまく三洲を誘い出せるといいな」

「っす！　ギイ先輩！　っす！」

満面の笑みで真行寺は何度となく胸の前で握った拳《こぶし》を震わせて礼を言う。

そこへ、美味しそうな匂いを漂わせつつ、ランチが到着した。九鬼島名物、海の幸たっぷりのトマトクリームパスタと、島で採れた野菜の新鮮なサラダ。

「――六つ？」

皐月がきょとんとする。「私とタクミとギイと真行寺さんとうちのマネージャーで、五人でしょ？　ひとつ多いわ。もしかして、親交を深めるために、陣内さんもここで一緒に食べてくれるの？」

「いいえ。ひとつは、あちらの方の分です」

陣内に促されて見ると、建物の蔭《かげ》に――。

「財前⁉　帰ったんじゃなかったのかい？　いつからそこに？」

驚きつつも、隠れるようにしている財前を、託生は迎えに向かう。

「……葉山、確かめたいことがある」

財前は託生の腕をはっしと摑《つか》むと、その耳元へこっそりと、「ま、まさかと思うが、葉山、天乃皐月とも、知り合い、なのか？」

震える声で訊いた。

「知り合いっていうか、ニューヨークの特待留学のときに、ぼくのピアノ伴奏をしてくれたのが彼女だよ」

「えええええ!?」

せっかく小声で話していたのに、たまらず財前は叫んでしまった。

や、だって、葉山の演奏がひどかった、と。伴奏のピアニストも、凄まじく指は動くがその音は下品でガサツで。葉山はニューヨークでめちゃくちゃやって、それで耳目を惹いたけれども、あれでは悪目立ちだ、と。残念ながら葉山は失敗したと思ったし、最低な演奏だったという彼らの酷評を聞き、葉山に同情する振りをして、だがその実、財前はどこかホッとしていた。だから話を掘り下げることもしなかった。組んだピアニストについてもだ。

パートナーが天乃皐月だったとは——！

「そこからの付き合いってことか？」

留学から、今日まで？

「付き合いってほどではないけど、たまに会ってはいたよ。演奏会にも聴きに行ったし」

「なっ、なんでそういう大事なこと、話さないんだよ」

「話すって、誰に？」

「だ、——誰ってことはないけどさ。あの天乃皐月と知り合いなら、もっと自慢するなりなんなりさあ」

「ぼくがわざわざ言わなくても、ぼくのニューヨークでのパートナーが彼女だったってことは、留学した仲間は全員知ってたし」

「——あ。そうか。そういうことか」

葉山が留学した時点では、天乃皐月はまだプロのピアニストではなかった。だが、あれほどの——伴奏のピアニストも、凄まじく指は動くがその音は下品でガサツで、だが、ニューヨークの、最先端のマンハッタンで、人々の耳目を惹いたのだ。そうか。あの酷評は、彼らの負け惜しみや、やっかみだったのか。

きちんと確かめれば良かった。ひけめを感じていたのに向き合わず、彼らの酷評を都合よく利用して封印してしまった。

「財前は、留学先のパートナーとはそれきりなのかい？」

「普通そうだよ。あれきりだよ」

どんなに懸命に音楽を志していても、滅多に大成はしない。それを除いても、たとえば友人として付き合いが続くのかと訊かれたところで、相手が天乃皐月クラスなら、葉山のように演奏会へ出向いて縁を繋げてゆくのも可能だろうが、そんな奇跡は滅多に起きない。たまたま、その夏、一回、組んだだけなのだ。気の合わないパートナーだったケースもあるだろう。つまり、正直なところ、財前は、留学時のパートナーの名前すら既に忘れていた。

——ああ。なにもかもだ。

なんだこの違い。

天乃皐月がどうこうではない。わかっている。葉山の留学直後に彼女がプロデビューしたわけではないのだ。それからも彼女は一介の、ピアニストを目指すその他大勢の大学生のひとりだったのだ。その彼女と、葉山はずっと交流を続けていた。

無名で無冠であったのに、留学組が嫉妬のあまり酷評せざるを得ないくらい魅力的なピアノを彼女は弾いていたのだ。なのに自分は酷評に踊らされて、自分の方が上だと安堵して、そこで終わった。しんどかったという葉山の感想だけで、満足していた。

マンハッタンで人々の耳目を惹くということがどれほどのことなのか、今は充分すぎるほどわかる。あのときだってわかっていたはずだ。それなのに。

若き日の卑屈で狭量な自分が仇《あだ》になる。こんな、十年近くも経ってから。

「託生、せっかくのできたて熱々パスタが冷めちまうぞ」

ギイが呼ぶ。

「わかった！」

返事をしてから託生は、「財前も、ほら、お腹空《す》いてるだろ？」

気後れしている財前の手首を摑んでぐいと引き、テーブルの席へと連れて行った。

「……ギイ先輩。俺、いっこ、思いついたんすけど」

中庭での絶品ランチを済ませ、ぞろぞろとサンルームへ皆で島内を移動している最中に、真行寺がそっと話しかけてきた。

皐月のマネージャーが陣内に頼み、屋敷のピアノを二時間ほど弾かせてもらえるよう手配した。ピアニストにとってピアノを弾かない時間が長いのはあまりよろしくないのだ。人にもよるが最低でも毎日二時間は確保したいところである。託生が高校生のときに京古野にレッスンをつけてもらった彼の自室にもグランドピアノが置かれているのだが、さすがに主不在では書斎も兼ねた部屋の利用は許可できない。幸いにして京古野邸にはあちらこちらに良質のピアノが置かれていた。中でもサンルームのグランドピアノは、先日の来客のために調律をしたばかりであった。

サンルームもまたギイたちにとって思い出深い部屋である。湿気と塩害対策もあり、室内の様子は以前とかなり様変わりしてしまったのだが、それでも思い出は変わらない。

「名案か？　それとも、作戦？」

「アラタさんのウイークポイントって家族っすよね」

「三洲は家族を大事にしているからな、見方を変えればウイークポイントってことになるんだろうな」

「ミヨさんに協力してもらうってのは、どうすかね？」

せっかく近くにいるので、いっそミヨさんに挨拶してから帰ろうかなと、送ってもらう身分で申し訳ないが寄り道してもいいですかとギイたちに打診するつもりであれこれ考えていて、思いついた。

「――ほう」

ギイはそれだけで納得する。「なるほど。サマーキャンプに、ミヨさんにも参加してもらうのか」

「夏にはミヨさん、この島に来たいだろうし」

「鎮魂のためにもそれ、いいな」

「サマーキャンプにかこつけなくてもいいかもなんすけど、お墓参りの時期とたまたま重なるとか。そしたら、ミヨさんが出掛けるならアラタさん、付き添いたいだろうし、誘い出すのにスムーズかな、と」

「ミヨさん、音楽も好きだものな。それに若者が切磋琢磨している姿が、良い刺激になるかもしれないしな。いいぞ真行寺、あっちもこっちもそっちもウィンウィンウィンだ」

「っすか？　でへへ」

照れ笑いする真行寺。

「じゃあ、託生とオレとで、真行寺と三洲のサマーキャンプの参加と、それに合わせたミヨさんの墓参りの受け入れ調整を、京古野さんと佐智に根回ししておくよ」

「よろしくお願いしまっす」

「流れとしては、ミヨさんの墓参りの話を前提にして三洲を誘い、三洲はミヨさんの付き添いでサマーキャンプに、ってことでいいのかな」

「いいと思います！」

力強く同意した真行寺は、また声のトーンをすっと落とすと、「俺、今のままのアラタさんじゃ、イヤっす」

ちいさく告白した。

「絵に描いたような医者の不養生だもんなあ、三洲」

高校時代からその傾向はあったのだが。自分の体力や肉体そのものの限界を無視して、やるべきことをやり続けてしまう傾向。

能力の高さゆえ、それをこなしてしまうし、周囲もアテにしてしまう。これまた、見方を変えれば悪循環に陥りやすい短所でもある。

頼まれたら断れないお人好し、というのは三洲にはあてはまらないのだが、これは自分がやるべきことと認めてしまうと、限界を考慮しないで動き続けてしまうのだ。

医療の世界でそれをしたならば、体を壊すのは火を見るよりも明らかだ。

「俺が体育大に入ってすぐに、ケガでメタメタになっちゃったとき、ずっとアラタさんが支えてくれて、アラタさんだって医大の勉強すんごい大変で、俺に構ってる暇なんてないはずなのに、でもすんごく支えてくれて。介護の勉強になるから気にするな真行寺、とか、俺が負担に感じないよう気遣ってくれて。俺、おかげでふっきれたし、立ち直れたし、しかもアラタさん、俺がこーゆー、人に見られる仕事すんの、ホントはすっげイヤなのに、反対するどころか、怖《お》っかながってないで男なら死ぬ気で挑戦してみろよって背中押してくれて、――マジ、アラタさん、俺が目立つの嫌いなのに、それなのに……」

「休息が必要な人に限って休息を取ろうとしないの、なんなんだろうな」

ギイは敢えて明るく言う。

「わかんないっす。ホントはきっちり、この機に身体、休めてもらいたいんすけど」

「三洲にはできない相談なんだなあ」

「俺、挫折《ざせつ》が早かったから、アラタさん付いててくれたし、だから、割合と早く立ち直れたんじゃないかなって思うんすけど、二十代の終わりにって、正直、きついっすよね」

「ああ。きつい」

ギイはきっちり肯定する。

「……うわ。マジすか」

「まあでも、人生全体からしたらぜんぜん早いんじゃないか？　なんたって、まだ二十代だ。——ぎりぎりだけどな」

ジョークで締めたギイに、真行寺が笑う。

「俺、あんな中途半端なアラタさんじゃなくて、溌剌《はつらつ》とした元のアラタさんに戻ってもらいたいっす」

溌剌とした元のアラタさん。——溌剌とした三洲？　が、ギイには想像つかないが、真行寺にはそう映っていたのだろう。

「そうだ真行寺、お前、オレの現況、三洲に話したか？」

「無職になったことっすか？」

「それもだが、挫折してるって」

「へ？　ギイ先輩、挫折してるんすか？」

「してるさ。だから日本《ここ》にいるんじゃないか」

「……挫折って、あれ？　もっとこう、鬱々《うつうつ》っと……？」

「してたんだよ鬱々と。なにをしてもなにを見てももっさりとして感動しなくなっちまって、ああこれは本格的にヤバイって、人生の危機に気づいたのさ。危機感は感じてない。感動してないからな。淡々と、末期だと気づいたんだよ。それで、――すべてを捨てて託生のもとへ、びゅんっ！」

「復活のためにっすか？」

「そういうこと。相変わらず話の飲み込みが早くて助かるな、真行寺」

「ギイ先輩って、ほんっとーに葉山サンが好きなんすね」

「なあ？　ホント、我ながらびっくりだよ」

託生を思うとそれだけで、心にぽうっと光が差す。そのささやかな明るい光にギイはつっと涙した。凪のように微動だにしない心が、柔らかく揺れた。――その感動。

「……アラタさんも、俺にとってアラタさんがそうだったように、アラタさんにとっても俺が支えだといいなあ」

「真行寺とは別の意味で、オレも三洲の復活を願ってるよ。三洲には活躍してもらわなきゃだよな。でなきゃ社会の損失だ」

　あながち大袈裟な表現でもないだろう。三洲に話したいこと頼みたいことがギイにはある。是非とも引き受けてもらいたいことが。

「っすよね！　そうなんすよ。でも今のアラタさんは、そーゆーの、わかんないってゆーか、わかってないってゆーか、わかろうとしないってゆーか」

「……なるほど」

「なので俺、賭《か》けてます！」

　真行寺がぐっとギイを見る。「サマーキャンプの件、よろしくお願いいたしますっ！」

「二時間の練習中、ずっとここにいるつもり？」

　皐月が訊く。「演奏会じゃないのよ？　練習よ？」

　てっきり、道案内も兼ねて皆で皐月をサンルームまで送ってくれたのかと思いきや、全員がサンルームに留《とど》まるという。

「こんな機会、滅多にないですし」

　財前は本気で答えた。「前回のショパンコンクール覇者の演奏が、たとえ練習でも同じ空間で聴けることなんて、もうないと思うので。邪魔はしないようにしますから」

　話しながら、熱くなる。

　一位なしの最高位での優勝。過去の入賞者である夭逝《ようせい》した姉の天乃楓《かえで》を越えたと、大々的に報道された。

血は争えないとか、皐月にとっては既に用意されていた入賞だとか、まるで賞を獲るのが当然のことのように、それが簡単な道であるかのように無責任な批評が散々繰り広げられたが、託生の感想はまったく違っていた。

入賞したらしたで、ゲタを履かせてもらった結果だと過小評価されるだろう。しなかったらしなかったで、また姉と比較される。姉の評価が上がるのだ。亡き人の評価が。

どう転んでも無責任で無遠慮で思い込みの激しい身勝手な批評が自分に向けられることを覚悟の上で、皐月はショパンコンクールへ挑んだのだ。

「姉妹揃って入賞するなんて、本当に、とんでもなく素晴らしい家系ですよね」

善かれと思って財前は言い、おそらく世間も概《おおむ》ねそのような意見であろうが、入賞するしないにかかわらず皐月がショパンコンクールに挑んだ価値を、僭越《せんえつ》ながら、託生は誰より理解していると自負していた。

言われ慣れている皐月は、喜ぶでもなく気分を害するでもなく、

「ところで、財前さんはプロのバイオリニストなのよね？」

財前に訊く。

「皐月さんの耳に名前が届くようなバイオリニストではないですが、はい、そうです」

「私こそ、せっかくだからあなたのバイオリンをぜひ聴いてみたいわ。なにか一曲、弾いてくださる？　必要なら、あまり上手ではないけれど私が伴奏するわ」

「え!?　——あ」

あまりの光栄と絶望とで財前が固まり、救いを求めるように託生を見てから、「す、すみません。今日はそういう予定ではなかったので、バイオリンを持参してないんです」

「バイオリニストなのにバイオリンを持ち歩いていないの？」

見る間に呆れた皐月へ、

「サツキちゃん、それを指摘されるとぼくも立つ瀬がない」

託生が割って入る。

「タクミは黙ってて」

「……はい。すみません」

「タクミは半分リタイアしてるけど、あなたは現役のプロなんでしょ？　どこでどんなチャンスと出会うかわからないのに、自分をアピールする最大の武器を持たずに出歩くってどういうこと？　みすみすチャンスを見送るつもり？　あなた、プロ失格なんじゃないの？」

「……いや、それは、……そうですが」

皐月の指摘は正論である。どんな事情があろうとも、その指摘は、正しい。——ああ、また、やらかした。

「ギイ、どうしよう」

託生はこっそり、ギイにアドバイスを求めた。できれば託生は財前の力になりたい。

「陣内さん、京古野さんってピアノ以外に弦楽器もいくつか持ってらっしゃいましたよね」

受けて、ギイが切り出した。「バイオリンもありますか？」

「はい。あるにはありますが、演奏はされませんので、メンテナンスはしておりませんよ」

「メンテナンスはされてなくても、演奏に耐えるコンディションの楽器ですか？」

「それはもちろんです。博物館に飾るような蒐集《しゅうしゅう》のための楽器ではないですから」

「でしたら一挺《ちょう》、お借りできますか？」

訊かれて、陣内は訊いたギイではなく、まっすぐ財前を見た。そして、

「楽器はお持ちできますが、どうなさいますか？」

財前へ訊く。

京古野教授所蔵の楽器。二束三文ではないだろう。メンテナンスはされていないということは、弦や弓のコンディションがまったく不明ということだ。

予想だにしないハードルが、いきなりいくつも財前の前へ並べられた。

選択を間違えたならば今度こそ、リカバリーは利かない。せっかく、葉山と崎さんがチャンスを作ってくれたのに。

「弾くの？　弾くのならば、伴奏に付き合ってあげるわよ？」

皐月の問い掛け。

筋金入りの伴奏嫌いの皐月。それは今も変わっていない。こんな気まぐれを起こすことは、こんなチャンスは、それこそ二度と巡ってこない。——頑張れ、財前。

「楽器はどこに保管されてるんですか？」

と、ギイ。

「さきほどの、葉山さんたちとの打ち合わせをした部屋の隣が、ミニコンサートも行えるサロンになっておりまして、そちらの壁際のガラスケースに保管を兼ねて、バイオリンが数挺陳列されています」

数挺。ということは、選べる、ということか。

「朗報だよ、財前。選べるって」

託生は財前を励ます。

「いや、……うん」

財前の足が緊張のあまり小刻みに震えているのが、託生にもわかった。

負けるな財前。

「財前、急げ」

託生は押す。「急いで行って、一挺選んで、ここに戻れよ」

「……葉山」

それでも不安げに立ち竦んでいる財前へ、

「失敗してもダメモトだろ?」

他の人に聞こえないよう、小声で伝える。「船着き場から駆け戻ってきたのは、なんのためだい?」

「それは……」

「駆け戻ったのと同じ勢いと意気込みで、サツキちゃんに当たって砕けろ、財前」

——あ、砕けるのは駄目か。いや、今回はいいのか。「ぐずぐずしてるとサツキちゃんの気が変わってしまうかもしれないぞ、急げ」

託生は財前の背中を両手でぐいと押す。押されて、財前は弾かれたように走りだした。

走れ、財前！　頑張れ、財前！

「ねえタクミ、なにを呑気《のんき》に見送ってるの？」

皐月が剣呑な声を出す。

「呑気って？」

託生はきょとんと訊き返す。

「あなたもでしょ？　バイオリン、選びに行ってらっしゃいよ」

「ぼくも？　いや、ぼくは……」

「タクミが弾かないなら、サツキもあの人の伴奏は弾かない」

「……そんな」

ずるいだろ、そんな後だしジャンケンみたいな条件。

「はい！　俺、葉山サンのバイオリン、聴きたいっす！」

真行寺がぴっと手を挙げる。

「いや、真行寺くん、その援護射撃は、ちょっと……」

……要らないぞ。

「だとさ、託生。諦めて、託生も恥をかけよ」

ギイが笑う。

「……恥をかくのは慣れてるけど、でもなあ」

「現在のタクミのバイオリンにガッカリするかどうかは、私が感じることなの。っていうか、サツキちゃんをガッカリさせないバイオリンを弾くぞって言ってよ、タクミ」

皐月が睨む。「負けるのはともかく、逃げるタクミは嫌い」

託生は、はっと胸を打たれた。

勝ち負けにこだわる財前は、なにより負けることを恐れていた。

託生はそこまで勝ち負けにはこだわらないが、そもそも勝負に挑むことをしない。手堅く人生を歩んでいるつもりなのだが、それが〝逃げ〟と皐月には映るのだ。

留学して、初めてサツキのピアノを聴き、まったくうまく合わせられなかったときに、託生は井上教授にパートナーの変更はできないかと暗に仄《ほの》めかした。

意図は通じていたのだろう、教授の話題はサツキから城縞へ移ってゆき、結果的に託生の意図はきれいにはぐらかされてしまった。要するに、すげなく断られたのだが、あの場面でパートナーの変更を望むのも、間違いなく一種の逃げである。

逃げない勇気。――その気力を維持するのは困難だけれど、今の託生に必要なのは、またしてもそれだ。

しかもショパンコンクールに挑んだ皐月に言われると託生には反論の余地がない。

彼女は見事に克服したのだ、おそらく彼女にとって人生最大の困難を。どれほどの勇気を振り絞ったのだろうか。

「……わかった」

託生は頷く。そして財前を追って、サンルームから駆け出した。

「——やるなあ、サツキ」

ギイが唸る。

「でしょ？」

皐月は得意げに笑う。「せっかく日本まで来たのに、情けないタクミの思い出を抱えて帰るのはイヤだもん」

「サツキにとって、託生はヒーローだものな」

「内緒よ、ギイ」

「わかってます」

伝えたら、きっと託生は「そんなことないよ」と言いながら遠慮がちに後ろに下がって、本領発揮すらしなくなる。

「人の背中はぐいぐい押して前へ出すのに、自分が押されるとぐずぐずになるの、変よね」

「だよな。まあ、託生らしいけどな」

「性格はそんななのに、バイオリンを弾くと、がらっと変わるのよね」

「本人、自覚してないけどな」

「ガッカリするわけないのにね」

変わるわけがないのだ、託生のバイオリンの魅力が。「私、絶対にガッカリしない自信があるもの、タクミがどんなにバイオリンが下手っぴになってても。大ファンなんだから」

上手だとか下手だとか、それに左右されるものではないのだ、皐月が感動した託生のバイオリンの魅力とは。

「サツキ、でもな、生憎と託生の大ファン第一号はオレなんだよ」

「え？　じゃあ、サツキは二号？」

「あー、スミマセン、そしたらギイ先輩の次は俺っす。俺が二号っす」

真行寺がまた、ぴっと手を挙げる。

「だったらサツキは三号なの？　嫌だわ、そんなの」

不満げに頬を膨らませた皐月へ、

「ごめんなサツキ、こればっかりは早いもの勝ちの順番だから」

「やだ。ギイ、私と順位を入れ替えて？」

「ごめんなあサツキ、順番だから」

「もうひどい、意地悪だわギイ」

「ごめんごめん」

「ぜんぜん謝ってない。もう、ギイ、サイテー」

拗《す》ねまくる皐月に皆が笑う。

――なあ託生。

一線から離脱して何年も経ち、自信を持つのは難しいのかもしれないが、世界的なピアニストに成長したサツキの心を、高校時代にファンになった真行寺の心を、なにより、幼い日の発表会で初めて託生のバイオリンを聴いたオレの心を、託生のバイオリンはずっと攫《つか》んだままなんだよ。

自分の魅力に無自覚なバイオリニスト、葉山託生。

技術だけが音楽の魅力ではない。

託生の、あるがままの姿が、その感性から奏でられる音が、今もオレの心を魅了し続けているんだよ。

いつか伝わるといい。

崎義一が、葉山託生の本物のファンだということが。

【過去】 —— before 10 years

目覚ましをかけてもいないのに、日の出とともに、勢いでぱっちりと目が覚めた。ベッドに入った記憶がないので、昨夜のフェアウェルパーティーの途中で寝落ちしてしまったのかもしれない。アルコールの飲み過ぎで、なんてことではもちろんなくて、疲れが溜まっていたせいで。なにより、ようやく緊張の糸がほぐれたからだ。

「……カルロッタが運んでくれたのかな？」

いくらサツキが小柄な少女でも、成人女性とはいえカルロッタがひとりでパーティー会場から女子寮まで運ぶのは、さすがに無理である。

反対側の壁際のベッドでカルロッタが熟睡している。

眠りの妨げにならないようそっとベッドに身を起こして、

「起きれちゃった。……どうしよう」

サツキは思案する。

疲れきった日の翌日に目が覚めたら昼過ぎだった、なんてことは頻繁にある。今回もそうかなと思っていた。思っていたから、約束をしなかった。

「タクミ、午後の飛行機で日本へ帰っちゃうんだよね」

サマースクールは昨夜の成果発表の演奏会と、演奏会の打ち上げを兼ねたフェアウェルパーティーで終了したのだ。

空港へ見送りに行きたかったけれど、起きられる自信がなかった。

……どうしよう。

タクミが帰国したら、たぶん、滅多なことではもう会えない。

「私、まだちゃんと挨拶、できてない」

サツキはするりとベッドから抜け出すと、手早く身支度をして、静かに部屋を出た。

トトンとノックをすると、

「Yeah?《はい》」

返事がしてドアが開いた。――長身の、彫りの深いとてつもない美青年。

サツキはハッと息を呑む。

「ご、ごめんなさい。部屋を間違えました。朝早くから、ごめんなさい」

英語で謝り、条件反射でぴょこりと頭を下げて（アメリカでは日本式のお辞儀はしないようカルロッタからアドバイスを受けていたのだが、動揺すると癖のように出てしまう）、踵《きびす》を返そうとしたときに、

「間違えてないよサツキちゃん」

青年が日本語で言う。微笑みながら。

名前を呼ばれたことにサツキは驚いたが、それが日本語だったので、

「もしかして、あなたはタ、じゃない、葉山さん、の、お友だち？」

と、日本語で訊いた。

ここがタクミが滞在している部屋で間違いないとして、ひとり部屋だと言ってたし、サマースクールのメンバーに、この人はいなかった。

「そうだよ。昨夜の演奏会オレも聴きに行ってたんだ。きみたちの『Non ti scordar di me』とても素晴らしい演奏だったね」

「ありがとう。……あの、葉山さんは？」

「まだ寝てる」

だから静かにね。と、言わんばかりに美青年が、形の良い長い人差し指を少し窄《すぼ》めた口の前にすっと立て——その仕草が、まるで映画俳優のように様になっていた。

サチ・イノウエも天使と見紛うばかりの中性的な美青年だが、こんなにキレイカッコイイ人が世の中にはいるものなのかとサツキはドギマギした。話しているだけなのに段々恥ずかしくなってくる。しかも、この人を見ていると、なんか、まるで、成人向けの雑誌のページをうっかり開いて見てしまったような気恥ずかしささえ覚えるのだ。

——寝てる？　あれ？

「えっと。あの、ここって確か、ひとり部屋？」

「泊めてもらったんだ。オレたち二年ぶりの再会でね、積もる話が山のようにあって」

「ふうん」

サツキは頷き、ハタと、後ろ手に咄嗟に隠した紙袋を思い出した。「あの、これ、葉山さんへ、朝食の差し入れなの」

薄手のクラフト紙の袋を手のひらに受け取っただけで、

「お。カップケーキだね。わざわざ買ってきてくれたんだ？」

美青年は中身を当てた。

「この時間だと、公園側の角のお店しか開いてなかったから」

「託生は甘いものはあんまり好きじゃないけど、あそこのは美味しいから、きっと気に入るんじゃないかな」

「そう？　……良かったあ」

「せっかく届けに来てくれたのに、託生、寝ててごめんね」

「ううん」

と、首を横に振りつつも、せっかく来たのだからタクミを起こしてくれてもいいのに、とサツキは思った。——部屋に入れてくれとまでは言わないが。

つい、——中を覗くつもりではなかったが、つい、室内の様子が目に入った。学生のひとり暮らし向けのアパート、さほど広くはないリビングの、中央の簡素で小さなテーブルの上に、美しく咲いた薄紫の大きな一輪の薔薇が陶器のマグカップに挿されて載っていた。

　薔薇の豪華さとチープなマグカップとのアンバランスが、サツキの目を引く。

「カップケーキのお礼に、サツキちゃんをディナーに誘ってもいいかな」

「えっ!?」

「しっ」

「――あ。ごめんなさい。でもびっくりしたあ」

「ごめん、pick up と誤解させちゃったかな？」

「誤解？」

「サツキちゃん、オレたちとディナーをすることにして、託生の帰国先延ばしに協力してくれないかな」

「……え？　たち？」

「大学から支給された航空チケットで律義に帰国しようとしてるの、託生くらいなんだよな。どうせひとりで帰国するなら、なにも今日、急いで帰らなくても良さそうなものだろう？」

「うわあ、それって……！」

「この部屋は遅くても昼前までに引き払わないとならないんだけどさ、オレはこっちに住んでるし、オレん家《ち》に移動すればいいだけの話で、なのに、あいつ、律義くんだから」

「こんなぎりぎりで、飛行機のチケットって変更できるの？」

「もちろん。楽勝」

「だったら私、こんな恰好じゃなくてちゃんとお洒落《しゃれ》する。葉山さんと、――名前？」

「オレ？」

「うん」

「ギイ」

「葉山さんとギイさんと三人で、ディナーしたい」

伴奏をするだけなのにわざわざ演奏会を聴きに来てくれた両親とディナーの約束をしていたが、タクミとのディナーである。それどころではない。ごめんね、パパ、ママ。

「さんはいらないよ。ギイでいい。それから、葉山さんのこともタクミでいいよ」

「じゃあ私も、サツキちゃんじゃなくてサツキでいい。ちゃん付けは子どもっぽいから、もうイヤなの」

「了解しました。ではサツキ、託生が眠りから覚めたら作戦を決行するから、連絡先を教えてもらってもいいかい？」

「うん！」


良かった。

今日限りでお別れじゃない。

サツキはアパートの石の階段をたたたんと駆け降りて、不意に気づいた。

「——あれ？」

二年ぶりの再会ということは、あの美青年ギイは、タクミの高校の同級生ということか？

タクミが話してくれた、自分を変えたくて一度は捨ててしまった音楽の道を、バイオリンを弾くことを取り戻せたのは、

「……あの人のおかげ？」

高校で出会った友人たちのおかげと複数形で話していたけど、——ぼくを支えてくれた友人がいて——。主に、あの人なのではあるまいか。

だって結局、彼はタクミを起こさなかった。声を潜めてひそひそと、サツキと話した。サツキがカルロッタの眠りを妨げたくなかったように、あの人も、タクミの眠りを妨げたくなかったのだ。ぐっすりと眠らせておいてあげたいと。

穏やかな思い遣り。

あああ、わかった！

「なあんだ」

友だちだけど、ただの友だちじゃないのかも。「私とカルロッタは別々のベッドだけど、ふたりは同じベッドで寝てたのよね」

大の男ふたりでシングルベッドでは、さぞや狭くて窮屈だろう。

さっきサツキがドギマギしてしまったのは、彼がとてつもない美青年だっただけでなく、彼が纏っていた大人っぽい空気《ムード》のせいだ。

そっか。わかった。そういうことか。

「なあんだ。ふふふ。だったらやめておこうっと」

タクミのこと、ちょっといいかなって思ってたけど。

彼のことは、好きになるのはやめておいた方が良さそうだ。


「……せこかったかなあ、オレ」

紙袋をテーブルに、マグカップに挿したブルーローズの隣へ置いて、ギイはぽつりと呟いた。

窓際のベッドで気持ち良さそうにぐっすりと眠っている託生。

「あんな少女相手に本気でヤキモチ焼くとか、ねえ」

さすがにみっともないので、彼女にバレてないといいのだが。

託生が帰国予定の朝に、わざわざ差し入れを届ける行為。

もし昨夜自分がここに泊まっていなければ、紙袋を受け取ったのは託生で、さすがに朴念仁の託生でも気づいたのではあるまいか。少女から寄せられつつある好意に。

「ごめんな、サツキ」

お詫《わ》びに今夜はとびきりのディナーを御馳走するよ。

だが託生は渡せない。きみにも、他の誰にもだ。

奇跡の朝を、きみと

とてもしあわせな夢を見た。

胸いっぱいに温かな幸福感が満ち、あまりにしあわせで目尻《めじり》に涙が滲《にじ》んだ。――まずい。ああ、これは、目が覚めたときに落ち込むやつだ。

夢を見ている最中なのにこれが〝夢〟だと、なぜかわかった。

そっと、静かに、身構える。

起きたときに落ち込まないよう、無防備に享受していた幸福感を少しだけ（未練がましく、ほんの少しだけ）遠くへ離した。

目が覚めたときに世界が激変していたことが、過去にある。夢の影響を受けて、ではなく、現実が激変していたことが。〝これ〟は〝それ〟ではないけれど、夢の影響の範疇《はんちゅう》だけれども、それでもやはり、目覚めたときには少なからずショックを受ける。――がっかりする。

ほろ苦い喪失感を想定し、ダメージを受けないよう気持ちを整えてから、託生は目を覚ますことにした。

連日の睡眠不足の累積もあり、強く深みに引きずり込まれるようだった昨夜の眠気が、ゆっくりと、けれど確実にひいてゆく。

そうか、さすがにそろそろ起きる頃合いなのか。

でも、もう少し眠って、――たゆたっていたい。このまま、このしあわせな感じに包まれていたい。

真夏にエアコンのぐんと利いたひんやりとした室内、と、香ばしいコーヒーの匂いが鼻孔をくすぐった。

やけに近くから。

おかしい。

室内には自分ひとりきりだし、朝になったら自動的にコーヒーを淹《い》れるような器具は（たとえばタイマー付きのコーヒーメーカーなど）この部屋にはなかったはずだ。そもそもコーヒーメーカーそのものがなかったはず――。

眠っていては処理できない異変に、託生はがばりとベッドから起き上がった。すると、夢でも錯覚でもなく、室内には濃くコーヒーの匂いが立ち籠《こ》めていた。

ワンルームに適したせいぜい二人用のちいさな食卓テーブル（椅子は一脚のみ）、その前に立ち、ケトルで沸かしたお湯で紙フィルターを使って丁寧にコーヒーを淹れているスラリとした人影。

託生に気づくと愛《いと》しげに、にっこりと笑った。

そして――。

「おはよう、託生」

……え？

託生はぽかんとギイを見る。

半分だけ開けられた窓にかかっているカーテン、託生が眠っていた枕元の部分は閉められたままでしっかりと外光を遮り、そう、窓の向こう半分から差し込む眩《まぶ》しい太陽の光で、一人暮らし専用アパートのシンプルな部屋の半分だけが明るく照らされていた。

その眩しい光に包まれた、光よりも眩しい存在。

「――ウソ……」

目尻に溜《た》まっていた涙が粒となって、つーっと託生の頬を伝った。

「はあ!?　なんで？　なんで泣くんだ託生!?」

ギイは慌てた様子で、急いでケトルをちいさなキッチンのガスコンロへ置きに行き、長い足に比例した大股《おおまた》とハイスピードでベッドへ寄り、ワンルームのシンプルな部屋に相応《ふさわ》しいシンプルなシングルベッド、その端っこへ、遠慮がちに腰掛けて託生の顔を覗《のぞ》き込む。

ああ、そうだった。

託生はゆっくりと思い出す。

「おはよう、ギイ」

ここはニューヨークのマンハッタン。託生が通う大学の夏休み期間を利用した短期の交換留学の受け入れ先であるターディフ総合大学が用意してくれた宿泊施設、男子学生ばかりが住んでいる大学近くのアパートの一室だ。

昨夜、緊張が限界を超えそうだった、留学最後の仕上げとしての演奏会（しかも会場はあのジュリアードのホールである）が無事に終わり、当日を迎えるまで緊張しっぱなしだった留学での数週間、いや、留学の座を射止めるまでの大学での緊張の日々、いや、そもそも（留学できるできない以前に）肝心の志望校である桜ノ宮坂音楽大学へ受かるべく受験に備えて猛勉強と猛練習を重ねていた高校での日々も含め、この二年ほど、緊張していなかったときなど一瞬たりとてなかったのでは、という状況だったのだが、それが昨夜の演奏会の打ち上げで（交換留学生たちへのフェアウェルパーティでもあった）ついに終止符が打たれ、ようやく託生は、心の芯《しん》からホッとすることができた。

バイオリンを弾くことだけでも緊張の日々だったのだが、緊張の最大の理由は、他ならぬ、目の前のこの人だ。

会える保証なんかどこにもない。どこにもないけど、会いたくて、会いたくて、会いたくてたまらなかった、この人だ。

奇跡は起きないかもしれない。会えないかもしれない。けれど絶望する可能性は想像したくなかった。信じていたかったのだ、絶対に会えると。

懸命に思い続けることの、必死に願い続けることの、緊張感。

託生には永遠にも感じられたこの二年の月日など存在しなかったように、二年前となんら変わらず、躊躇《ちゅうちょ》なく託生の顔を覗き込んできたギイは、

「もしかして感激の涙か？　そんなにオレが淹れるモーニングコーヒーが懐かしくて嬉《うれ》しかったのか？　昨夜の青バラより？」

　からかいながら、両方の手のひらで託生の頬をすっぽりと包む。

　ギイの温かな手からは、香ばしいコーヒーの匂いと、ギイが愛用している複雑なトーンの花のコロンとがふわりと漂った。

　ああ、ギイだ。……ギイの手と、温《ぬく》もりと、匂いだ。

　託生は思わず、目を閉じる。

　するとやはり躊躇なく、優しいキスがくちびるに降ってきた。小鳥がついばむような、短く弾むキス。

「……いつの間にか寝落ちしてた。ごめんね、ギイ」

「大袈裟《おおげさ》でなく泥のように眠ってたな、託生」

　ギイのジョークに、託生は情けなくなる。

「せっかくギイと再会できたのに、……寝落ちとか、ホントにごめん」

「いや？　オレとしては光栄だぞ」

　ギイはまた託生のくちびるに軽くキスを弾ませると、「つまりは、オレといて安心したってことだろ？　託生はオレに油断しまくりってことだろ？」

「……油断って、その言い方は、……どうかな……」

「これっぽっちの警戒もしてなくて緊張もしていないから、託生、オレの腕の中でストンと寝落ちしたんだよな？　オレは託生に全幅の信頼を置かれてるってことじゃないか。オレとしては最高だぞ」

　二年もブランクがあるのに、しかも（我が身の不甲斐《ふがい》なさに情けなくなるが）託生の目の前からあんなにひどい去り方をしたのに、託生はそれまでとまったく変わらず自分を信頼してくれていた。言葉ではなく、そのことを託生の寝落ちが図らずも証明してくれた。

　嬉しくてたまらない。

　一晩中セックスをするよりも、ベッドに入った途端に自分の腕の中で瞬時に寝落ちした託生のおかげで、ギイは託生との関係を、――ふたりの〝愛〟がちゃんと続いていることを、確信することができたのだ。

　いや、もちろん、予定どおりに今夜の飛行機で託生が日本へ帰国すると言い張るならば、ギイとしてはそんな悠長なことは言っていられない。精神面も大事だが、精神面だけでは済ませられない。幼子のように無防備に腕の中でぐっすりと眠る託生に、どれほどの重圧をその肩に載せていたのかと、尊敬の念を込めた労《ねぎら》いをもって、眠りを妨げないよう手を出さず、見守るだけにした昨夜の自分を誉《ほ》めてあげたい。が、しかし、帰国を延ばす説得をして、なんとしても引き留めると決めたから、昨夜はあれで良かったのだ。

　ようやく、やっと会えたのに、奇跡の演奏を携えて託生が海を越えてオレに会いにきてくれたのに、たった一晩でサヨナラなんて、ないよな、託生？

「なあ託生、寝落ちのこと、オレに埋め合わせしたいなあって、思う？」

「……埋め合わせ、できるの？」

飛行機の出発時間は夜なのだが、留学の滞在中に使わせてもらっていたこの部屋からは、遅くとも昼までには出なくてはならない。

帰国に備えてここ数日は、もう使わないだろうと思われる物は片端からスーツケースに詰めるようにしていたが、最終日まで使う物は存外多く、衣類のかさばらない真夏の留学とはいえ期間が三週間ほどとなると、旅行をするにも暮らすにしても比較的荷物の少ない託生であっても、それなりの量であった。

そんなこんなで飛行機に乗るまでに、――空港に向かう前に、やらなければならないことが少なからずある。

「もうそんなに時間がないのに？」

どう、やり繰りすればいいのだ？

「なあ託生、昨夜も話したが、帰国を延ばせよ」

「……でも」

「大学から支給されてる帰りの飛行機のチケットの切り換えや、宿の手配はオレがする。っていうか、させてくれよ、それくらい」

二年前、突然、託生の目の前から消えたお詫《わ》びに。

ギイの言外の含みに、

「つっ、罪滅ぼし、とかなら嫌だよ？」

託生がすかさず突っぱねる。緊張で声が裏返った。

思いがけぬ託生の語気の強さに、

「——え？」

僅《わず》かにギイは狼狽《ろうばい》する。

「ギイは悪いことなんかしてない。ぼくは、そう思ってる。……違う。ギイだけが悪かったわけじゃない。ぼくもだ。ぼくがもっと、ぼくこそ、もっと、ちゃんとしてたら、そしたら、もう少し違う形のサヨナラができていたんじゃないのかなって、ずっと後悔してたんだ」

「……託生？」

託生はほぅと息を吐き、

「良かった、ようやく言えた」

と、微笑んだ。「ごめんね、ギイ。ぼくこそギイに謝りたかったんだ。だから、ギイだけが悪かったみたいに、思わないでもらいたいんだ、ぼくとしては」

「託生！」

ギイはたまらず、託生をぎゅうっと抱きしめる。

託生もギイの背中へ腕をまわして、同じくらいぎゅうっと抱きしめた。

再び会えた奇跡を、ギイとの時間を、まだ終わらせたくない。

そんなつもりではなかったのに、昨夜は呆気《あっけ》なく寝落ちしてしまったから、まだろくに話していない。これまでのこと、ギイがなにをしていてどんなふうに過ごしていたのか、訊《き》きたいことも、自分がどんなにギイに会いたかったのかそのためにどう踏ん張ってきたのか、話したいことも、たくさん、たくさんあるのだ。

叶《かな》うのならば、もっと、ずっと、一緒にいたい。——まだ日本へ帰りたくない。

「……ワガママしても、許されるかな」

不安げな託生へ、

「許されるさ。オレが許す。たぶん、佐智も許す」

冗談を言いつつも、託生が許されたいのはおそらく〝他の誰か〟ではなく、ストイックに懸命に制してきた〝自分自身〟になのだろうな、とギイは感じた。

生真面目だもんな、託生。

……懐かしい。

そういうところも大好きだよ。

しばらくギイを抱きしめていて、託生はハッとする。

「……コーヒー！」

ギイが淹れてくれるコーヒー、久しぶりのコーヒー、「せっかく淹れてくれてたのに、すっかり冷めちゃったよね」

惜しいことをした。

コーヒーにはこだわりのあるギイ。限られた条件下でも最高に美味《おい》しくなる淹れ方を、と、常に追求していた。——ああ、キースのコーヒー、ギイに飲ませてあげたいな。

「淹れ始めたばかりでまだ蒸らしの状態だから、今ならぜんぜんリカバリーが利くぜ。気合を入れて淹れるから一緒に飲もう」

「うん！」

「お。よし、良い返事」

満足げに頷《うなず》いたギイは、「あと、とびきりの朝食もあるんだぜ」

「朝食？　ギイ、作ってくれたのかい？」

——懐かしい！

早起きのギイと寝坊な託生の組み合わせ、どうやらそれも変わっていないようだ。

高校時代、寮生活でもそうだったし、長期休暇にふたりで泊まりがけで出掛けたときにもそうだった。おまけに、託生が眠っている間にギイが手際よく朝食を作ってくれたことがしばしばあったのだ。

ところが、料理らしい匂いがしない。部屋に立ち込めているのは香《かぐわ》しいコーヒーの匂いだけだ。パンをトーストする匂いすらしない。

もしかして、作ってくれたのはギイお得意の生野菜サラダだろうか？　——いやいや、生野菜サラダを侮ってはいけない。くたびれかかっていた野菜ですら、どんな魔法を使うのかギイの手にかかるとシャキンとするのだ。それはみごとな生野菜サラダなのだ。

「オレの料理ではなく、差し入れが届いてるんだよ」

「差し入れ？　もしかして、——島岡《しまおか》さん!?」

ああ、懐かしい。

世界で屈指の大企業グループのトップであるギイの父親の複数いる秘書の一人で、ギイが幼い頃から兄のように慕い、というか、好き放題に甘えている島岡隆二《りゅうじ》。ギイのどんな無茶なリクエストでも受け付けて（そういう意味では島岡もギイに甘い）、しかも軽々と叶えてしまう優秀さが、ギイの好き放題に拍車を掛けている可能性は高い。

「そうか、島岡に朝食を届けさせても良かったのか。うっかりしてた」

「島岡さん、……ではない？」

だとすると、他に、この部屋へ差し入れを届けてくれるなどという配慮をしてくれそうな人は……、「わかった！　井上教授だ！」

「はあ？　なんで佐智がオレたちへ差し入れを？　佐智がそんな気をまわすわけないだろ。いつも言ってるが、託生、お前、佐智への評価が高過ぎ」

　ギイがチクリと刺す。

　託生はむっとして、

「そういうギイだって、いくら井上教授ともまったく会えてなかったからって、控え室での再会のハグ、長過ぎじゃなかった？」

　気づいていたが、邪魔しなかったし突っ込まずにいてあげたのに。ギイの気持ちを酌んで、あの場はスルーしてあげたのに。

「そうか？」

ギイがきょとんとする。

「いい加減に離してくれといわんばかりに、途中から、井上教授に背中をぽんぽん叩《たた》かれてたじゃないか」

「え？　あれはそういう意味だったのか？　オレはてっきり、佐智によしよしと励まされたのかと思ってた。もしくは、オレのこれまでの頑張りをよくできましたと誉《ほ》められたのかと」

「……ポジティブ過ぎる」

というか、ギイは、託生が井上教授にぞっこんなのが気に入らないとあからさまに拗《す》ねるのに、自分こそ、幼馴染《おさななじ》みの井上佐智にどれだけぞっこんなのか、そのあたりをいい加減自覚してもらいたいし、託生へ拗ねてよこすのも勘弁してもらいたい。

だがこの件については（ややこしいので）今は横へ置くとして、

「島岡さんも井上教授も違うとなると、ぼくには他に思いつかないんだけれど。ニューヨークに、知り合い、いないし……」

「そんなことはないだろ？」

ギイはにっこりと笑い、「なんと、差し入れはサツキからでした」

ついさっき、初対面ながら、お互いを〝ギイ〟〝サツキ〟と呼び合うことにしたので、ギイはサツキに〝ちゃん〟を付けなかったが、

「えっ？　サツキちゃん？」

驚きのあまり、託生はそのことには気づかなかった。

「朝早くに、カップケーキを届けにきてくれたんだぜ」

ギイがコーヒーを淹れかけていたテーブルには、マグカップに挿した凛《りん》とした一輪の美しい薔薇《ばら》が飾られていて（薔薇のゴージャスさとマグカップのカジュアルさとのギャップが、独特な味わいである）、もうひとつ、昨夜はなかった小ぶりでシンプルなクラフト紙の袋が置かれていた。――もしや、あれの中身がカップケーキなのか。

「ここへわざわざ？　サツキちゃんが？」

え、でも、サツキちゃんとて演奏会明けで疲れているだろうに、なのに朝早くに起きて、わざわざ差し入れを――？

驚きと共に感動が……。

そして託生はハッとする。

「ならギイ、起こしてくれれば良かったのに！　直接、差し入れのお礼を言いたかったよ」

「おいおい託生、寝起きのぼっさぼさな状態でレディに挨拶《あいさつ》するつもりだったのか？」

ギイがからから。

「……レディ……？」

サツキはまだ中学生くらいなのでガールでは？　は、さておき、「あんまり気にしたことなかったけれど、ぼさぼさで人前に出るのは、失礼なのかな……？」

「祠堂の寮でなら、ぼさぼさだろうとがさがさだろうと誰も気に留めやしないが、時と場合と相手によるかな？」

「そうなのか……」

でも、「……やっぱり、直接お礼を言いたかったな」

「心配ご無用。そこは、抜かりはないよ」

ギイはまたにっこりと笑い、「彼女には伴奏でもお世話になったんだから、改めて、きちんと身なりを整えた上で、お礼をしようじゃないか」

「きちんと身なりを整えて？　お礼を？　って、どうやって？」

「さっき、カップケーキを届けてくれたお返しにサツキをディナーに誘ったんだ。もちろん、託生とオレとで彼女をエスコートをする」

なんて手回しの良い！　ではなくて、

「ディナー？　エ、エスコート!?」

レディといいディナーといいエスコートといい、託生には馴染《なじ》みのない単語の連続である。

「とはいえ堅苦しいレストランだとサツキが食事や会話を楽しめないかもしれないから、雰囲気が良くて居心地も良いレストランを予約するとしよう」

サツキだけでなく、その方が託生としても助かるのだが、

「ありがたいんだけど、でもギイ、ぼく、そんなに持ち合わせが……」

「オレが出すけど？　言い出しっぺだし」

当然のように続けたギイへ、

「だ、駄目だよギイ。サツキちゃんを誘ってくれたことには感謝してるし、ぼくだってサツキ

ちゃんにきちんとお礼がしたいなと考えていたから、そこはとてもありがたいんだけど、でもギイにお金を出してもらうのは、なんか、違うよ」

「――そうなのか？　そんなことないだろ？　オレだって、伴奏とはいえあんなに素晴らしい演奏を聴かせてもらって、しかも託生と組んでくれて、恋人として食事くらい奢《おご》りたいぞ？」

――恋人として。

託生は、その一言に、一瞬で心が奪われた。

恋人として。

ギイ。

「そういえばこのアパート、流《ながる》のアパートの近所なんだよ」

軽い朝食として、ギイが淹《い》れた託生でもブラックで飲める絶品のコーヒーと、サツキからの差し入れのカップケーキ（袋には味違いでふたつ入っていたので、それぞれを半分こにした）をいただきながら、しばし、まったりとする。

テーブルには椅子がひとつしかないのでギイは託生を椅子に座らせ、行儀の悪さは承知のうえで、自分は立って食べていた。

テーブルの縁に寄りかかるようにしてちょっとだけ腰掛けているギイが、その長い脚とも相《あい》俟《ま》って、憎らしいほど様になり、託生はうっかり見惚《みと》れてしまう。

「あ、……ながる？」

「鷹司《たかつかさ》流。覚えてない？」

「ああ、鷹司くん！　覚えてるよ。二学年下の、ギイの隠し撮りの写真をこっそりぼくに横流ししてくれた鷹司くんだろ？」

　同級生たちからは、態度の横柄さから〝上からちゃん〟などと呼ばれていた。

「横流し！　託生にはそう受け取られてたか」

　ギイが噴き出す。「そう、その鷹司流」

　祠堂学院からギイがいなくなったすぐ後に、気づくと退学していた鷹司流。——マンハッタンに住んでいたとは。

　鷹司流といえば、託生には、写真以上に印象的だったのは文化祭でのギイの妹の絵利子とのやり取りだ。

「鷹司くんって、絵利子ちゃんのボーイフレンドだっただけじゃなくて、やっぱりギイの関係者だったんだ？」

　秘書の島岡とは別の、なにかしらの任務を持つ。

「まあな」

　ギイは軽く頷《うなず》き、「エリィといえば、託生、バレンタインのハートチョコ、ありがとうな」

「——え!?　と、届いてたの!?」

「エリィが、大人たちの目を盗んで、こっそりオレへ転送してくれたよ」

「……絵利子ちゃん………！」

「託生がこっちにいる間にもしエリィが帰ってきたら、挨拶するといいよ」

「うん！」

ああ、ありがとう、絵利子ちゃん。

「流が親の使いでヨーロッパに行ってるから、またあいつ、追いかけてっちゃったんだよ」

ギイは苦笑する。「言葉が苦手な日本でひとりで行動できたことで、変に自信がついちゃったんだな。ヨーロッパは楽勝だそうだ」

「逞《たくま》しいなあ」

羨《うらや》ましい。

「託生だって、逞しいじゃんか」

ギイは眩《まぶ》しげに目を細めて、テーブル越しに託生へキスした。朝のついばむようなキスよりも、長いキス。

託生の体温が、ふわりと上がる。胸が高鳴る。

「……託生、新しいバイオリン、買ったのか？」

くちびるが離れてから遠慮がちにギイが訊《き》く。

ギイと共に消えたのは、鷹司流と、ストラディバリウス。どちらもギイのものである。

壁際のチェストの上にはバイオリンケースが。中身はもちろんバイオリンだ。――ヨーロッパではたまに、持ち歩かれるバイオリンケースの中身が楽器ではなかったりする。古いケースを鞄《かばん》がわりに愛用する人がけっこういるのだ。

「ううん、すぐに買うのが難しくて、あれは借り物なんだ。でもずっとは借りていられないから、いつかは自分のを買いたいんだけど」

「ごめんな、オレが不甲斐《ふがい》ないばかりに、託生からバイオリン、奪った形になっちまった」

「けど、バイオリンに関しては、あんな形ではなかったとしても、ギイが学校を去るときに、ギイに返していたかもしれない」

「……そうなのか？」

「借り続けるのは無理だよ。だって、冷静に考えると怖いじゃないか。天下のストラディバリウスだよ？　稀代《きたい》の名器だよ？　ギイが隣にいてくれたから使っていられたけど」

「……そうか」

　ギイは託生の目を覗《のぞ》き込み、「これを機に、託生に戻そうかと考えていたんだが、もしかしたら、荷が重いか？」

　訊かれて、託生は正直にこくりと頷く。

「万が一のことを考えると、盗難とか、破損とか、ギイが近くにいてくれたなら、そこまで心配しないけど、離れているなら、使うのはかなり怖い」

「万が一のときには、連絡してくれたらすぐに海を越えて託生のもとへ駆けつけるけど、それでも怖いか？」

「つまり、ギイ、まだこっちにいるんだよね？　まだ日本へは来ないよね？　祠堂に戻って、三年生の続きを、とか、ないんだよね？」

「続きは……、……ないな」

「ぼくひとりであの楽器を預かるのは、とても怖いよ」

「わかった。——だよな、わかった」

「ギイの気持ちは嬉《うれ》しいよ？　またぼくに使わせてあげようって、そう思ってくれてたんだよね？　それはすごく光栄だし、すごく、嬉しいよ」

「わかった。なら、欲張らずにおく。久しぶりに託生のバイオリンが聴けて、オレ、多分、舞い上がってる」

「うん。ぼくも」

舞い上がってる。まだこんなにどきどきと、胸の高鳴りがおさまらない。

「なあ、託生」

　ギイはまた、顔を寄せる。「今夜の宿へ移動する前に、——いい？」

「……え？」

「この部屋を明け渡すまでに、まだ少し、時間あるよな？」

「……ギイ？」

「少しだけ、託生をオレにくれないか？」

　いいよ。

と、託生が返事を声にする前に、熱くくちびるがふさがれた。


半分だけまだカーテンが引かれている室内。

蔭《かげ》となる枕元で、目を閉じる。

「……託生」

愛してるよ……。

ギイの囁《ささや》き。

託生、オレを取り返しにきてくれて、ありがとうな。

なんの保証もないのに、それでも、大海原を渡ろうとする勇気。五年の月日を隔て、オレは東から西へ、託生は西から東へと、同じ大海原を渡ったね。

託生からの強い愛。

ギイが求めてやまなかった、託生からの強い想い。

もう二度と離さない。

今度こそ、絶対に。

本書は二〇一九年六月に小社より刊行された単行本に
書き下ろし短編を加え、文庫化したものです。

崎義一《さきぎいち》の優雅《ゆうが》なる生活《せいかつ》

忘《わす》れえぬ此《こ》の花《はな》を、此《こ》の想《おも》いを

ごとうしのぶ

令和3年 5月25日　初版発行
令和5年 12月30日　再版発行

発行者●山下直久

発行●株式会社KADOKAWA
〒102-8177　東京都千代田区富士見2-13-3
電話　0570-002-301(ナビダイヤル)

角川文庫 22678

印刷所●株式会社KADOKAWA
製本所●株式会社KADOKAWA

表紙画●和田三造

●お問い合わせ
https://www.kadokawa.co.jp/（「お問い合わせ」へお進みください）
※内容によっては、お答えできない場合があります。
※サポートは日本国内のみとさせていただきます。
※Japanese text only

ISBN 978-4-04-111243-4　C0193

◆◇◇

角川文庫発刊に際して

角川源義

第二次世界大戦の敗北は、軍事力の敗北であった以上に、私たちの若い文化力の敗退であった。私たちの文化が戦争に対して如何に無力であり、単なるあだ花に過ぎなかったかを、私たちは身を以て体験し痛感した。西洋近代文化の摂取にとって、明治以後八十年の歳月は決して短かすぎたとは言えない。にもかかわらず、近代文化の伝統を確立し、自由な批判と柔軟な良識に富む文化層として自らを形成することに私たちは失敗して来た。そしてこれは、各層への文化の普及滲透を任務とする出版人の責任でもあった。

一九四五年以来、私たちは再び振出しに戻り、第一歩から踏み出すことを余儀なくされた。これは大きな不幸ではあるが、反面、これまでの混沌・未熟・歪曲の中にあった我が国の文化に秩序と確たる基礎を齎らすためには絶好の機会でもある。角川書店は、このような祖国の文化的危機にあたり、微力をも顧みず再建の礎石たるべき抱負と決意とをもって出発したが、ここに創立以来の念願を果すべく角川文庫を発刊する。これまで刊行されたあらゆる全集叢書文庫類の長所と短所とを検討し、古今東西の不朽の典籍を、良心的編集のもとに、廉価に、そして書架にふさわしい美本として、多くのひとびとに提供しようとする。しかし私たちは徒らに百科全書的な知識のジレッタントを作ることを目的とせず、あくまで祖国の文化に秩序と再建への道を示し、この文庫を角川書店の栄ある事業として、今後永久に継続発展せしめ、学芸と教養との殿堂として大成せんことを期したい。多くの読書子の愛情ある忠言と支持とによって、この希望と抱負とを完遂せしめられんことを願う。

一九四九年五月三日